Ulrike Bliefer

Eisrosensomm

In dieser Reihe sind unter anderem erschienen

Ulrike Bliefert, Lügenengel
Betiina Brömme, Rachekuss
Beatrix Gurian, Prinzentod
Beatrix Gurian, Höllenflirt
Beatrix Gurian, Liebesfluch
Beatrix Gurian, Lügenherz
Krystina Kuhn, Schneewittchenfalle
Krystina Kuhn, Märchenmord
Krystina Kuhn, Dornröschengift
Krystina Kuhn, Aschenputtelfluch
Inge Löhnig, Schattenkuss
Inge Löhnig, Scherbenparadies
Manuela Martini, Sommerfrost
Manuela Martini, Sommernachtsschrei
Manuela Martini, Puppenrache
Susanne Mischke, Nixenjagd
Susanne Mischke, Waldesruh
Susanne Mischke, Zickenjagd
Susanne Mischke, Rosengift

Ulrike Bliefert,
Jahrgang 1951, ist den Fernsehzuschauern u. a. als Darstellerin der Maximiliane in der Verfilmung von Christine Brückners *Jauche und Levkojen / Nirgendwo ist Poenichen* und als Ulla in der Comedyserie *Das Amt* bekannt.
Sie schreibt zudem erfolgreich Drehbücher.
Ulrike Bliefert ist mit einem Schauspielkollegen verheiratet, hat eine Tochter und lebt in Berlin.
Sie hat inzwischen mehrere Jugendthriller veröffentlicht.

Ulrike Bliefert

Eisrosensommer

Arena

FSC
www.fsc.org
MIX
Papier aus verantwortungsvollen Quellen
FSC® C022125

1. Auflage 2012

Covergestaltung: Frauke Schneider unter Verwendung
eines Fotos von Marina Mariya © shutterstock
Gesamtherstellung: Westermann Druck Zwickau GmbH
ISBN 978-3-401-06723-0

www.arena-verlag.de
Mitreden unter forum.arena-verlag.de

Psychopath

Person, die wiederholt mit gesellschaftlichen Normen in Konflikt gerät, keine Schuldgefühle kennt und zur Loyalität anderen gegenüber nicht fähig ist.

Quelle: Spektrum Akademischer Verlag

Prolog

21.15 h

Die letzten Schüler verlassen den Seitentrakt des Humboldt-Gymnasiums.

Im Innern des Gebäudes entsorgt Lennart Peters (18) ein gebrauchtes Tempotaschentuch im Papierkorb, klaubt einen heruntergefallenen und dann offenbar vergessenen Kugelschreiber vom Boden auf, testet ihn auf der Rückseite einer zerknüllten Busfahrkarte auf seine Funktionstüchtigkeit und steckt ihn ein.

Draußen auf dem Oberstufenhof wird es still. Es beginnt zu schneien.

Lennart Peters wirft einen flüchtigen Blick auf sein Handy.

21.18 h

Er stapelt die Stühle aufeinander, schiebt sie in die Ecke und schließt den Oberstufenraum ab.

Als er im Begriff ist, auch die Außentür abzuschließen, bemerkt er, dass er seinen Schal an der Garderobe hängen gelassen hat.

Er geht zurück. Den Schlüssel lässt er stecken.

21.23 h

Lennart Peters verlässt erneut das Schulgebäude. Als der Schlüssel nicht im Schloss steckt, durchsucht er irritiert die Taschen seines Parkas, dann die Außenfächer seines Rucksacks.

21.25 h

Auf dem Parkplatz heult ein Motor auf.

Lennart Peters schrickt zusammen und läuft auf seinen Wagen zu.

Offenbar hat sich jemand einen Scherz erlaubt.

»Hey! Was soll das?!«

Er versucht, die Gestalt hinter dem Steuer zu erkennen.

Scheinwerfer blenden auf.

Lennart Peters reißt den Arm hoch, um sich vor dem gleißenden Licht zu schützen.

»Mensch, hört auf mit dem Quatsch!«

Der Wagen setzt zurück, wendet, rast auf die Umfriedungsmauer des Sportbereichs zu und schrammt kreischend daran entlang.

Dann wendet er erneut und bleibt stehen.

Lennart Peters beginnt zu rennen.

»Seid ihr wahnsinnig geworden oder was?!«

Er nestelt sein Handy aus der Tasche und hält es demonstrativ hoch.

»Wenn ihr nicht sofort damit aufhört, ruf ich die Polizei!«

Der Motor heult im Stand erneut auf.

Als Lennart Peters bis auf wenige Meter an den Wagen herangekommen ist, tritt der Unbekannte hinter dem Steuer das Gaspedal durch. Lennart Peters wird vom linken Kotflügel gestreift und auf den Asphalt geschleudert.

21.28 h
Er liegt bewusstlos am Boden. Aus seiner aufgerissenen Lippe sickert Blut.

Als er wieder zu sich kommt, steht sein Wagen mit geöffneter Fahrertür mitten auf dem Parkplatz.

Lennart Peters richtet sich benommen auf.

In der Ferne hört er schwach das Geräusch eines sich entfernenden Mofas.

Sein Handy ist verschwunden.

Knapp drei Monate später gelangt der «Fall Lennart Peters« auf den Tisch des Teen-Court Leipzig: ein fünfköpfiges Richterteam aus Schülerinnen und Schülern verschiedener Schulen, unter Supervision von Fabian Schmücke, Sozialarbeiter (27).

Keiner der Anwesenden ahnt, dass ihr Urteil den sprichwörtlichen Schneeball auslösen wird, der auf dem Weg zum Tal zur tödlichen Lawine anwächst, die alles mit sich reißt und zerstört.

1

Der Optiker drehte und wendete das Gestell in den Händen und schüttelte ungläubig den Kopf. »Und Sie wollen diese Monstrosität tatsächlich freiwillig im Gesicht spazieren tragen?«

»Ja, will ich.«

Pia Canisius schob energisch das Kinn vor und schickte einen – wie sie hoffte – eiskalt entschlossenen Blick über die Verkaufstheke. Als ungefärbte, echte, wirkliche und wahrhaftige Blondine hatte man's nicht leicht mit eiskalt entschlossenen Blicken; zumal, wenn – wie in Pias Fall – noch himmelblaue Augen und ein Porzellanteint dazukamen, und gut zehn Zentimeter an einer wenigstens ansatzweise imponierenden Körpergröße fehlten.

»Freu dich doch«, pflegte ihre Schwester Nele – lang, schlaksig, rothaarig und sommersprossig – zu sagen. »Ist doch Gold wert! Die Kombi weckt bei Männern sozusagen automatisch Beschützerinstinkte!«

Aber Pia wollte nicht beschützt werden! Pia hatte es gründlich satt, von ihrer Schwester wie ein Kind behandelt und von ihren Eltern trotz ihrer beinahe achtzehn Jahre immer noch »Mäuschen« gerufen zu werden.

Der Optiker tappte ungeduldig mit dem Brillengestell auf seine Handfläche. »Wir hätten da was im Angebot, das Ihnen bestimmt eher . . .«

»Nein, danke.«

Pia starrte den jungen Mann so durchdringend an, wie sie nur konnte.

Ob man auch mit Brille Leute hypnotisieren kann?

Dass sie neuerdings eine – wie die Ärztin es genannt hatte – »Sehhilfe« brauchte, empfand sie beinahe als persönliche Niederlage. Aber Kontaktlinsen, wie Nele sie trug, waren ihr viel zu umständlich. Und so hatte sie nach der Devise »Wenn schon, denn schon!« ein riesengroßes, dunkelblaues 80er-Jahre-Gestell ersteigert. Bei E-bay. Mit daumenbreiten Bügeln und Fassungen, die an alte Fernsehbildschirme erinnerten. Ziemlich genau das Gegenteil von schlicht und unauffällig.

»Bei unserem Angebot des Monats würden Sie sogar noch gratis eine Sonnenbrill. . .«

»Nein!«

»Und unsere Versicherungspolice für den Fall, dass Ihnen das gute Stück einmal zu Bruch gehen sollte?«

Pia kniff die Augen zu schmalen Schlitzen zusammen.

Achselzuckend und offensichtlich in seiner Berufsehre gekränkt tütete der junge Mann das blaue Monstrum ein und beschriftete den Abholzettel.

»Ist morgen Nachmittag fertig.«

Pia warf einen raschen Blick auf ihr Handy-Display.

Kurz nach drei. Könnte knapp werden.

Die Teen-Court-Sitzungen begannen zwar immer erst um vier, aber Fabian Schmücke, der betreuende Sozialarbeiter, hatte eine obligatorische Abchillphase eingeführt: Handys und iPods aus, zusammen Kaffee oder Tee trinken und erst mal runterkommen, bevor die eigentliche Verhandlung losging.

»Danke. Tschüssi.«

Der Optiker brummelte ungnädig: »Ja. Wiedersehn«, und Pia rannte zur Bahnhaltestelle.

Während der Fahrt ließ sie in Gedanken noch einmal die Ereignisse Revue passieren, über die sie heute im Schülergericht zu urteilen hatten.

Der Fall hatte vor drei Monaten reichlich Staub aufgewirbelt: »Nächtlicher Spuk auf dem Schulhof«, hatte der Leipziger Kurier getitelt. Von »unbekannten Vandalen« war die Rede gewesen und davon, dass »unsere Kinder selbst in der Schule nicht mehr sicher« seien.

Typisch, dachte Pia, *reine Panikmache.*

Der Zeitungsbericht hatte definitiv nicht den Tatsachen entsprochen, denn erstens hatte sich das Ganze zwar in winterlicher Dunkelheit, aber keineswegs nachts abgespielt, und zweitens handelte es sich bei der mysteriösen Gestalt hinter dem Steuer keineswegs um einen »unbekannten Vandalen«, sondern um Lennart Peters' siebzehnjährigen Mitschüler Jonas Romeike, den einzigen Teilnehmer des abendlichen Bio-Tutoriums, der ein Mofa sein eigen nannte. Dass er zudem so unvorsichtig war, das gestohlene Handy in der Mülltonne vor der elterlichen Villa zu entsorgen, hatte dafür gesorgt, dass er gleich am nächsten Morgen dingfest gemacht werden konnte.

Doof noch dazu, schoss es Pia durch den Kopf, *typisch Söhnchen reicher Eltern.*

Doch sie rief sich sofort zur Ordnung: Mit Sicherheit waren nicht alle Kinder reicher Eltern wohlstandsverwahrloste Egozentriker; schließlich stammte sie selbst aus einer ausgesprochen gut betuchten Familie. Aber sie hatte festgestellt, dass die Reichen in Fernsehkrimis fast immer die Bösen waren, und es regte sie auf, dass dieses Vorurteil in Gestalt von Jonas Romeike womöglich wieder mal bestätigt wurde.

Die Teen-Court-Sitzungen fanden im Leipziger Süden statt, in einem Gebäude, zu dem der prosaische Name »Jugendhaus« nicht so recht passen wollte: Außen sonnengelb und innen weiß gestrichen, mit hohen Räumen und fast überall noch erhaltenen Stuckdecken. Das Mobiliar bestand aus einem gemütlichen Sammelsurium ausrangierter Einzelstücke, und von der Terrasse im Hochparterre gelangte man über ein paar Stufen in einen herrlich verwilderten Garten. Fabian Schmücke, der zuständige Sozialarbeiter, hatte dort im vergangenen Sommer sogar einen kleinen Goldfischteich angelegt.

Als Pia ankam, waren Marlon und Katja bereits dabei, Tee zu kochen. Katja hatte Kekse mitgebracht – ihre Eltern hatten einen Spätkauf-Kiosk, und da fiel immer mal das ein oder andere für die Sitzungen ab – und Fabian Schmücke legte die Fotokopien aus, auf denen noch mal alle wesentlichen Punkte zum aktuellen Fall zusammengefasst waren.

Pia ließ ihren Rucksack fallen, verteilte rasch noch

ein paar Kaffeebecher auf dem Tisch und vertiefte sich in die Unterlagen.

»Sagt mal, findet ihr das nicht irgendwie seltsam? Seit wann landen denn solche Hämmer bei uns auf dem Tisch? Für mich sind das gleich fünf Straftaten auf einmal!«

»Ist doch egal. Was letztlich auf unserem Tisch landet, bestimmen schließlich nicht wir, sondern die Staatsanwaltschaft«, brummte Marlon und machte sich über die Kekse her. »Außerdem gehört den Eltern von Jonas Romeike die älteste und renommierteste Tanzschule hier in Leipzig. Die räumen schon in dritter Generation regelmäßig Goldmedaillen ab. So jemandem pinkelt man nicht ans Bein, wenn's sich vermeiden lässt, verstehste?«

»Was heißt denn ans Bein pinkeln?!«, mischte Katja sich ein. »Das saubere Söhnchen von denen hat sie doch wohl nicht mehr alle. Dem Typ gehört gewaltig eins auf die Mütze!«

»Genau!« Demonstrativ zählte Pia Jonas Romeikes Sündenregister an den Fingern ihrer linken Hand auf: »Unbefugter Gebrauch eines Fahrzeugs, Sachbeschädigung, fahrlässige oder sogar vorsätzliche Körperverletzung, Fahrerflucht und Diebstahl.«

Marlon kicherte. »Der Apfel fällt nicht weit vom Birnbaum ...«

»Musst du immer wieder auf dem Thema rumhacken?!« Pia fuhr regelmäßig aus der Haut, wenn jemand sie auf die Canisius'sche Familientradition ansprach: Sie hatte nicht die geringste Lust, in die Fußstapfen von Mutter, Vater, Schwester, Großvater und Urgroßvater zu treten und Rechtsanwältin zu werden. Aber die ewige Paragrafen-Diskutiererei zu Hause färbte natürlich trotzdem ab.

»Mensch, der Typ hat riskiert, dass Lennart Peters schwer verletzt wird! Wieso geht es dann plötzlich nur noch um Paragraf 248b und 142? Unbefugter Gebrauch eines Fahrzeugs und unerlaubtes Entfernen vom Unfallort: Das sind doch Bagatellen!«

»Eben!« Fabian Schmücke ließ sich in seinen Schreibtischsessel fallen, ein Stück abseits vom Konferenztisch: Er gehörte schließlich nicht direkt zum Schülergremium, sondern hatte lediglich eine Art Aufsichtsfunktion. »Und nur darüber habt ihr hier und heute zu befinden. Alles andere ist nicht euer Bier.«

»Aber ... Dieser Jonas Romeike ist doch eindeutig ein Riesenarschloch!«

»Vergiss es, Pia. Für Riesenarschlöchigkeit geht man nun mal nicht in den Knast. Sonst säße schließlich mehr als die Hälfte der Menschheit im Gefängnis.«

»Haha ...« Pia zog eine ungnädige Grimasse. Manchmal ging ihr Fabians unerschütterlich gute Laune mitsamt seinen lahmen Scherzchen wirklich auf die Nerven.

Doch bevor sie sich weiter aufregen konnte, lenkte er ein. »Okay, Leute, ich versteh ja eure Bauchschmerzen. Aber fahrlässige Körperverletzung ist nun mal kein Offizialdelikt und Lennart Peters hat seine Anzeige keine vierundzwanzig Stunden später zurückgezogen. Die Sache mit dem Handydiebstahl hat er auch auf sich beruhen lassen. Das Ding war zwar uralt, aber es hat den

Aufenthalt in der Mülltonne schadlos überlebt. Wahrscheinlich, *weil* es uralt war.« Er zuckte die Achseln. »Wo kein Kläger, da kein Richter.«

Bevor Pia etwas erwidern konnte, stürmten Laura und Patrick – zwei weitere Teen-Court-Mitglieder – den Sitzungsraum.

»Hi, Leute!«

«Na? Kloppt ihr euch mal wieder um irgendwelchen Killefitt?«

Während Fabian breit grinsend nickte, schüttelte Pia energisch den Kopf. »Von wegen Killefitt! Der hat den Typi doch eindeutig mit Absicht angefahren!«

»Ach komm, Pia, reg dich ab!« Patrick kramte seine Zigarettendreh-Utensilien hervor und sprach, den Filter lässig zwischen die Lippen geklemmt, weiter. »Lennart Peters ist hingeknallt und hat sich die Rübe angeschlagen. 'n paar Schürfwunden, blaue Flecken und 'ne aufgeplatzte Lippe. Ist doch nichts Dramatisches.«

»Genau.« Auch Laura hielt Pias Bedenken offenbar für reichlich übertrieben.

Oder sie will einfach nur Patrick imponieren, dachte Pia resigniert. Während Patrick schwungvoll die zweite Zigarette in Angriff nahm, atmete sie tief durch und machte – um einen ruhigeren Tonfall bemüht – einen zweiten Versuch: »Überlegt doch mal! Dass das Ganze relativ glimpflich ausgegangen ist, ändert doch nichts dran, dass Jonas Romeike schuld an allem war!«

Laura zog einen Flunsch. »Kann uns doch wurscht sein. Vielleicht ist Lennart Peters einfach nur gestolpert oder ausgerutscht.« Sie gierte bereits nach der Zigarette.

»Kann doch jedem, der im Dunkeln irgendwo rumrennt, passieren.«

»Er wär' aber nicht im Dunkeln rumgerannt, wenn das mit dem Wagen nicht passiert wäre!«, trumpfte Pia auf. Aber Patrick und Laura waren bereits auf dem Weg zur Terrasse.

Pia seufzte. *Jedenfalls wird der Typ von mir kein Verständnis zu erwarten haben,* schwor sie sich innerlich.

Im Nachhinein war ihr klar, dass vermutlich noch nie jemand so schnell seinen Prinzipien untreu geworden war wie sie, als Jonas Romeike eine knappe Viertelstunde später den Besprechungsraum betrat: dunkelblaue Augen, lange, lockige schwarze Haare und ein Gesicht wie einer jener blassen romantischen Dichter des vorletzten Jahrhunderts, die lebenslang an Liebeskummer litten und irgendwann an Schwindsucht starben. Oder wie der bleichsüchtig-schwermütige Hauptdarsteller einer neuzeitlichen Vampirschmonzette.

Kontaktlinsen!, dachte Pia als Allererstes, doch bei näherem Hinsehen wurde ihr klar, dass das poetische Augenblau genauso echt war wie das ungewöhnlich tiefe Schwarz von Jonas Romeikes schulterlanger Lockenpracht. Passend dazu war er von Kopf bis Fuß schwarz gekleidet.

»'n Tag«, sagte er und blieb in der Tür stehen, bis Fabian ihn mit Handschlag begrüßte und hereinbat.

Während Fabian zum Zeichen, dass er nicht aktiv an der Urteilsfindung beteiligt war, zurück zu seinem Sessel schlappte, setzten sich Katja, Marlon und Laura auf der linken und Pia mit Patrick auf der gegenüberliegenden Seite an den Verhandlungstisch.

Als Jonas Romeike neben ihr Platz nahm, stellte Pia fest, dass er nicht nur gut aussah, sondern zu allem Überfluss auch noch verdammt gut roch.

Bestimmt irgendeins von diesen tollen Männer-Deos, bei deren Duft die Mädels in den Werbespots reihenweise durchdrehen. Aber lass dich nicht ablenken, Pia!

Jonas begrüßte die Runde mit einem Kopfnicken und bedachte Pia mit einem verhaltenen kleinen Lächeln.

Pia lächelte nur ein ganz, ganz kleines bisschen zurück.

Glaub ja nicht, du kannst mich auf die Tour rumkriegen!

Was folgte, waren die üblichen Präliminarien: Vorstellung aller Beteiligten, Festlegen der Gesprächsregeln und schließlich der Hinweis, dass die vom Teen-Court beschlossenen Sühne- oder Wiedergutmachungsmaßnahmen nur dann die Umgehung eines ordentlichen Gerichtsverfahrens nach sich ziehen würden, wenn die entsprechenden Auflagen auch tatsächlich erfüllt wurden.

Jonas hörte mit gesenktem Kopf zu und nickte ab und zu bestätigend.

Er sieht überhaupt nicht durchgeknallt aus. Aber das tun psychopathische Serienkiller schließlich auch nicht.

Pia warf einen kurzen Blick zu Katja hinüber. Die strahlte Jonas Romeike an wie ein Honigkuchenpferd. Laura ebenso.

Na bravo.

Die Jungs guckten finster; besonders Patrick, dem Lauras offensichtlich hingerissenes Lächeln nicht entgangen war.

Der platzt gleich vor Eifersucht, dachte Pia. *Auch nicht gerade das Gelbe vom Ei, wenn's um höchstrichterliche Neutralität geht.*

Doch während Jonas seine Version der Geschichte erzählte, entspannte sich die Stimmung am Tisch zusehends.

»Das Ganze war doch nur als Witz gedacht!« Er ahmte mit erhobenen Händen eine Geistererscheinung nach und verstellte die Stimme: »Buhuuu, wie spooky, mein Auto fährt von ganz alleine auf dem Parkplatz rum und so . . .«

Laura kicherte. Danach war es still am Tisch. Alle schauten Jonas erwartungsvoll an.

Nach einer Weile kramte er umständlich ein Tempotaschentuch hervor und knetete es – als immer noch keiner am Tisch etwas sagte – nervös in den Händen.

»Mensch, ich kann doch nur Schaltwagen fahren«, erklärte er schließlich zerknirscht. »Automatik?« Er zuckte die Schultern, »Hab ich keine Ahnung von! Und dann waren da nur zwei Pedale statt drei und da . . . Najaaa, da hab ich die Bremse mit dem Gaspedal verwechselt. Scheiße . . .«

Erneutes Taschentuchkneten.

Marlon zuckte die Achseln. »Verstehe. Shit happens.«

Pia merkte, wie sie – ohne es zu wollen – erleichtert ausatmete. Jonas' Geschichte klang einleuchtend.

Keine gute Idee, die Sache mit dem Autoschlüsselklau, aber bestimmt nicht mit irgendwelchen finsteren Absichten verbunden.

»Okay. Aber über die Tatsache, dass Lennart Peters bei

diesem Vorfall verletzt wurde, haben wir hier ja sowieso nicht zu befinden«, hörte sie sich sagen. Das klang, wie sie erschrocken feststellte, reichlich geschraubt.

Ach, was soll's? Schließlich geht es hier ja nicht darum, bei Jonas Romeike zu punkten, sondern darum, ein gerechtes Urteil zu fällen!

»Trotzdem wüssten wir gern, warum du einfach abgehauen bist, als dein Kumpel da am Boden lag. Hätte doch wer weiß was passiert sein können.«

»Lennart Peters ist kein Kumpel.«

»Bitte?«

»Lennart Peters ist . . .« Jonas unterbrach sich und sprang auf. »Ach Scheiße. Hat ja eh keinen Zweck!«

Der Stimmungswechsel kam so plötzlich, dass zunächst niemand reagierte. Als Jonas jedoch Anstalten machte, den Raum zu verlassen, ging Fabian dazwischen. »Mensch, Mann! Wenn du das Angebot hier nicht annimmst, gibt's ein richtiges Gerichtsverfahren. Und da wirst du mit hundertprozentiger Sicherheit verknackt. Das ist dir doch klar, oder?«

»Najaaa . . .«, Jonas blieb unschlüssig in der Tür stehen, »wenn ich hier sage, was davor so alles abgelaufen ist, dann heißt es doch gleich: Der hat den mit Absicht umgefahren!«

Das war – wenn auch indirekt – ein klares Misstrauensvotum gegen das Richtergremium! Sofort redeten alle gleichzeitig auf Jonas ein:

»Quatsch!«

»Wir sind doch nicht bescheuert!«

»Komm, jetzt setz dich erst mal wieder hin!«

»Darum geht's doch hier überhaupt nicht!«

Jonas ließ sich noch einen Augenblick lang bitten, dann ging er zurück an seinen Platz, stützte die Ellenbogen auf und schaute, als er weitersprach, niemanden an.

»Lennart Peters ist das Schulgenie! Und 'n Heiliger noch dazu! Gibt uns Normalsterblichen jeden Freitag kostenlos Nachhilfe: Bio-Tutorium! Hat er erfunden! Und dafür sogar den Schlüssel vom Hausmeister gekriegt.«

»Ja und? Ist doch nett von ihm. Ich meine: von Lennart Peters.« Pia dachte an die neun Euro, die sie pro Nachhilfestunde verdiente und die sie verdammt gut brauchen konnte. Dieser Peters schien ein komischer Kauz zu sein, wenn er darauf verzichtete.

Jonas zuckte die Achseln. »Was heißt denn nett? Die Eltern von dem ham 'n Reiterhof. Also: Das sind eigentlich Bauern.« Er zog geringschätzig eine Augenbraue hoch. »Aber der Herr Sohn macht einen auf Super-Intellektueller!«

»Nana, nun mal langsam«, murmelte Marlon.

Oje. Das gibt zumindest von Marlons Seite Punkteabzug für Vorurteile, dachte Pia. *Andererseits . . .*

Andererseits schien dieser Peters tatsächlich kein angenehmer Zeitgenosse zu sein.

»Der Typ macht sich ständig bei den Lehrern lieb Kind. Und hinter unserem Rücken quatscht er mit denen über uns! Wie wir bei ihm im Tutorium mitmachen und so. Sogar Hausaufgaben gibt der uns auf!«

Marlon gab einen Grunzlaut von sich. »Kapiert.

Kommt nicht gut, so was. Und da wolltest du 's ihm mal so richtig heimzahlen, ja?«

»Nein! Ich wollt' ihn nur 'n bisschen . . . erschrecken. Mehr nicht.«

Pia war hin und her gerissen. Einerseits schien dieser Peters ein ziemlich mieser Strebertyp zu sein, andererseits hieß das natürlich noch lange nicht, dass man deswegen seinen Autoschlüssel klauen, ihn über den Haufen fahren und dann einfach abhauen durfte.

»Ich geb ja zu, dass ich den Peters nicht abkann, aber . . .« – einen Moment lang sah es so aus, als ob Jonas Romeike in Tränen ausbrechen würde – ». . . aber ich bin doch kein Monster! Ich hab doch gesehen, dass ihm nichts weiter passiert ist.«

»Ach? Mediziner oder was?« Patrick konnte manchmal richtig schnippisch sein.

»Nee! Der Wagen hat ihn doch gar nicht berührt. Es hatte geschneit an dem Abend. Und er ist einfach nur beim Laufen ausgerutscht.«

Die weitere Besprechung dauerte keine halbe Stunde. Dann waren sich alle Beteiligten darin einig, dass es sich um nichts weiter als einen blöden Streich gehandelt hatte, und da Jonas' Eltern den Blechschaden widerspruchslos bezahlt hatten und Lennart Peters nicht ernsthaft verletzt worden war, fiel das Urteil entsprechend milde aus:

»Wir schlagen vor, dass du dich bei Lennart Peters und seinen Eltern in aller Form entschuldigst . . .«

». . . und als Wiedergutmachung an vier Wochenenden auf dem Peters-Hof bei der Arbeit hilfst. Einverstanden?«

Die Sache mit dem Helfen auf dem Reiterhof war Marlons Idee gewesen, von wegen Vorurteile und so weiter.

Jonas nickte. »Okay«, sagte er leise, »danke.«

Dann griff er nach seiner Tasche, warf das mittlerweile völlig zerfledderte Tempotaschentuch nach einem höflichen »Darf ich?« in den Papierkorb neben Fabians Schreibtisch und verabschiedete sich bei jedem einzelnen der Teen-Court-Mitglieder mit Handschlag.

»Danke«, sagte er in der Tür stehend noch einmal.

Dann war er verschwunden.

Schade eigentlich, dachte Pia.

Dass sie im Anschluss an die Sitzung noch eine – wahrscheinlich wie immer mordsanstrengende – Latein-Nachhilfestunde mit Rebecca Matussek zu absolvieren hatte, passte Pia überhaupt nicht in den Kram. Sie beschloss, die Stunde ausnahmsweise abzusagen. Zu ihrem Leidwesen ging jedoch nicht Rebecca selbst, sondern deren Mutter an den Apparat.

»Frau Matussek, es tut mir wahnsinnig leid, dass ich so kurzfristig . . .«

»Piiiia! Wie schön!« Therese Matussek pflegte jedes Mal das i wie eine Koloratursopranistin lang zu ziehen, und selbst bei den banalsten Anlässen erweckte sie den Eindruck, sie spiele die Hauptrolle in irgendeiner großen Oper.

Pia hatte mehr als einmal den Versuch gemacht, die Sache mit den Nachhilfestunden zu beenden, aber Rebeccas Mutter schaffte es jedes Mal, sie zum Weitermachen zu überreden. Selbst diesmal, wo es nur um die Absage einer einzigen Stunde ging, hatte sie sofort eine – wie sie es nannte – »wunderbare Idee«, um Pias Absichten zu durchkreuzen und die Stunde doch noch stattfinden zu lassen.

»Becky . . .« – sie nannte ihre Tochter Becky statt Rebecca – ». . . Becky kann dir doch einfach auf halbem Weg entgegenkommen. Oder noch besser: Ihr trefft euch im Bretschneider-Park! Bei den Steinbären! Unregelmäßige Verben kann man auch auf der grünen Wiese pauken!«

»Aber, Frau Matussek, ich . . . «

»Ich bring Becky mit dem Auto zum Coppiplatz! In zehn Minuten ist sie da! Dann musst du jetzt nicht erst umständlich zu uns rauskommen, und anschließend bist du ja vom Park aus in ein paar Minuten zu Hause! Einverstanden?«

»Ja, aber . . .«

Doch Therese Matussek hatte bereits aufgelegt.

Jedes Mal dasselbe, dachte Pia und ärgerte sich über sich selbst. Das Schlimmste war, dass Rebeccas Mutter sie zu allem Überfluss auch noch als eine Art beste Freundin ihrer Tochter betrachtete.

Wahrscheinlich, weil Rebecca-Becky keine anderen Freunde hat!

Pia selbst hatte zwar, nachdem ihre Freundin Amelie zum Schuljahrswechsel nach München gezogen war, noch niemanden gefunden, der Amelies Platz hätte einnehmen können, aber in Rebeccas Fall lagen die Dinge eindeutig anders: mit ihr wollte niemand näher zu tun haben.

Verwunderlich war das nicht, denn ihre abgedrehte Mutter hielt sich selbst für eine Auserwählte und ihre Tochter für eine Art intergalaktisches Zauberwesen: »Becky ist ein Perlen-Kind! Ihre Aura ist irisierend weiß, wie eine Perle, verstehst du, Pia?«

Natürlich hatte Pia rein gar nichts verstanden, aber Therese Matussek schien das nicht zu stören. Ihre Erklärung für das Becky-Phänomen klang genauso wenig plausibel: »Perlen-Kinder sind im Grunde nicht von dieser Welt; sie haben sich freiwillig inkarniert, als kosmische Wegbereiter einer neuen menschlichen Evolution.«

Dass das perlweiß irisierende Wunderkind neben Latein auch noch in einer ganzen Reihe anderer Fächer schwächelte und die Versetzung bereits zum zweiten Mal auf der Kippe stand, betrachtete Therese Matussek nicht etwa als Widerspruch, sondern geradezu als Beweis für die überirdische Mission ihrer Tochter.

Missmutig machte Pia sich auf den Weg zum verabredeten – oder besser vorgeschriebenen – Treffpunkt. Rebeccas Mutter und ihre überkandidelten Ansichten waren ihr von Herzen zuwider. Am meisten jedoch hasste sie Therese Matusseks Fähigkeit, andere Leute nach Herzenslust zu manipulieren.

Das ist das letzte Mal, dass ich mir das gefallen lasse!

»Hallo . . . ähm . . . sorry . . . Bist du das?«

Pia reagierte nicht. Sie kam nicht mal auf die Idee, dass sie gemeint war.

»Wie war noch mal dein Name? Pia? Richtig?«

Einen Moment lang blieb sie wie angewurzelt stehen.

Nee, das glaub ich jetzt nicht . . .

Doch, da stand er wirklich: Jonas Romeike, mit verwegen verwuschelten rabenschwarzen Locken und Augen, bei deren Blau jeder Hollywoodstar vor Neid erblassen würde.

»Jonas?! Wie kommst *du* denn hierher?«

Jonas machte eine vage Handbewegung. »Ich wohn' am Nordplatz.«

»Nee, echt? Das ist ja fast bei mir um die Ecke!«

Pia war sich bewusst, dass das eine Spur zu euphorisch klang. *Langsam, Pia! Dass er bei dir um die Ecke wohnt, ist ja nun wirklich kein Grund, gleich vor Begeisterung auszuflippen!*

»Gehst du nach Hause, oder . . .?«

»Nee, ich treff hier erst noch 'ne Nachhilfeschülerin von mir.«

»Hier? Im Park?«

Pia nickte. »Unregelmäßige Verben. Latein.«

»Wow.« Jonas ging, sein Mofa schiebend, neben Pia her. Offenbar betrachtete er es als selbstverständlich, sie zu ihrem Treffpunkt zu begleiten. Bis sie bei den Steinbären ankamen, sprach keiner von beiden ein Wort.

»Hier?«

»Ja.« Lange Pause. »Rebecca müsste gleich hier sein.«

Pia stellte fest, dass bei einem der drei Steinbären die Schnauze abgebrochen war. Sein Kopf bestand nur noch aus Augen und Ohren.

Genauso komm ich mir auch vor!

Sonst war sie doch nicht auf den Mund gefallen! Aber hier, ganz harmlos, mitten im Park zwischen sonnenbadenden Erwachsenen und spielenden Kindern fiel ihr beim besten Willen nicht einmal der simpelste Smalltalk ein.

Jonas stellte sein Mofa ab, verschränkte die Arme vor der Brust und zeichnete mit dem Stiefelabsatz einen Halbkreis in die staubige Wegdecke. »Was machst 'n du morgen Abend?«

»Ich? Wieso?«

'ne blödere Reaktion gibt's ja wohl echt nicht!

Pia hätte sich ohrfeigen können! »Ich . . . ähm . . . Wir . . .« stotterte sie. »Ich hab Probe. Statisterie. Opernhaus.«

»Echt? Den ganzen Abend?«

»Nee, so ungefähr bis . . .«

»Hi!«

Das war Rebecca. Sie kam den Weg heraufgerannt, mit wehenden, blond gefärbten Haaren, wie immer ganz in Weiß. Diesmal handelte es sich um eine hippiemäßige H-und-M-Kreation mit aufgestickten Streublümchen. Ihre Mutter suchte für sie die Klamotten aus.

Passend zur Aura.

»Cool, dass wir heute mal draußen . . .« Rebecca stockte und schaute irritiert von einem zum anderen. »Ähm . . . gehört ihr irgendwie zusammen?«

»Nee«, sagte Pia.

»Noch nicht«, sagte Jonas; so leise, dass nur Pia es verstehen konnte.

Pia verschlug es einen Moment lang die Sprache.

»Hi, ich bin die Becky.« Rebecca streckte Jonas die Hand hin.

»Rebecca, das ist Jonas Romeike, er . . .«

Shit! Ich kann ja schlecht sagen, dass ich ihn heute mit den anderen zusammen im Teen-Court verknackt habe . . .

»Also . . . Ich lass euch dann mal in Ruhe Vokabeln pauken«, kam Jonas ihr zuvor. »Ciao!«

Und damit schwang er sich auf sein Mofa und fuhr davon.

»Wo hast du *den* denn her?«, fragte Rebecca, als er außer Hörweite war.

»Wohnt bei uns in der Nachbarschaft«, antwortete Pia. Das war schließlich nicht gelogen. Sie schüttelte die Gedanken an Jonas Romeike und seine forsche Anmache energisch ab und setzte ihre Nachhilfelehrerinnenmiene auf. »Okay. Currere.«

»Currere, curro, cucurri, cursus.«

»Cur-*sum!* Heißt?«

Rebecca zuckte die Achseln.

»Denk mal an Kurier, Parcours, kursieren . . .«

»Was hat denn das miteinander zu tun?«

»Bewegung. Schnelle Bewegung . . .«

Eine Rentnerin stieg über die Wegbegrenzung und warf Brotstückchen in den Teich. Rebeccas gesamte Aufmerksamkeit gehörte dem Kampf der Schwäne und Enten um die besten Brocken.

»Laufen, rennen, eilen«, sagte Pia.

»Was?«

»Currere. Laufen, rennen, eilen.«

»Ach so. Okay.«

Pia seufzte. Warum Therese Matussek jede Woche zwei Mal neun Euro für Latein-Nachhilfestunden ausgab, war ihr schleierhaft. Ihre Tochter zeigte nicht die geringste Neigung, sich auch nur fünf Minuten lang auf das Lernpensum zu konzentrieren.

»Dicere.«

»Was?«

»Dicere. Sagen. Präsens, passiv, 3. Person Singular: Es wird gesagt. Heißt?«

Erneutes Schulterzucken.

»Dicitur«, sagte Pia und seufzte erneut.

Er hat nicht mal meine Adresse. Schade eigentlich.

2

Es gab Salat mit Putenschnitzel: Barbara Canisius war mal wieder auf Diät.

Pia konnte es nicht ausstehen, wenn ihre Mutter beim traditionellen wöchentlichen Familienessen fettfrei angemachtes Grünzeug vor sich hin mümmelte und stumm leidend auf die Teller von Töchtern, Ehemann und künftigem Schwiegersohn starrte.

Das macht sie mit Absicht! Damit wir auch alle sehen, wie tapfer und konsequent sie ist!

Die Stimmung am Tisch war entsprechend gedämpft.

»Steht dir gut, das Nasenfahrrad!«, platzte Nele schließlich in die angespannte Stille hinein.

»Danke.«

Pia zählte langsam bis drei. Wenn ihre große Schwester ihr ein Kompliment machte, folgte garantiert Sekunden später irgendein Seitenhieb.

»Nee, wirklich! Spektakulär, das Teil! Sieht zwar 'n bisschen aus wie die Frontverglasung von 'nem Reisebus, aber . . . hat was.«

Na bitte!

»*Du* musst meine Brille ja nicht tragen!«

Bevor der Geschwisterzwist eskalieren konnte, hob Neles Freund Christian auffordernd seinen Teller. »Könnt' ich bitte noch ein, zwei Kartöffelchen haben?«

Während Barbara Canisius eilfertig Christians Teller auffüllte, lehnte Richard Canisius sich wohlig zurück und tupfte sich den Mund mit der Serviette ab.

»Christiaaan?« Wenn er so anfing, handelte es sich mit Sicherheit wieder mal um eine Testfrage: Schließlich wollte der künftige Schwiegersohn neben dem wohltönenden Nachnamen auch noch ein warmes Plätzchen in der Kanzlei Canisius & Canisius erheiraten. »Haben Sie zufällig in der letzten *Juristen-Rundschau* Professor Heineckes Kommentar zu Artikel 229 StGB gelesen?«

»Natürlich haben wir den gelesen, Papa,« beeilte sich Nele zu versichern. »Und wir finden beide, dass die derzeitige gesetzliche Regelung bezüglich einer Gefährdung der Öffentlichkeit durch Verletzung anerkannter Regeln der Baukunde dringend ergänzt und überarbeitet werden muss.«

Es reicht!

»Darf ich aufstehen?« Pia hatte endgültig genug.

»Mäuschen, du weißt, wie wichtig uns allen diese eine gemeinsame Mahlzeit in der Woche . . .«

»Aber ich muss noch den Englischtest am Montag vorbereiten«, log Pia. »Und heute Abend ist Probe. Bajzzo und Cavalleria.«

Barbara Canisius seufzte. »Na gut, ausnahmsweise. Ich bring dir nachher dein Tiramisu nach oben.«

Als ihr Nachtisch um halb sechs immer noch nicht in ihrem Zimmer angekommen war, schlich sich Pia diskret aus dem Haus und machte sich auf den Weg zum Opernhaus. Wahrscheinlich würde ihrer Mutter irgendwann im Laufe des Abends der berüchtigte innere Schweinehund erscheinen und sie beschwören, ihrer jüngsten Tochter die schöne, große, sahnig süße Portion Tiramisu wegzuessen. Pia gönnte es ihr von Herzen.

Im Opernhaus herrschte die übliche Hektik vor der ersten Bühnenprobe. Geduldig ließ sich Pia in mehrere Lagen kratzender braunroter Röcke und Tücher stecken und von Daniel, dem Masken-Azubi, mittels Flüssig-Make-up und schwarzer Perücke auf süditalienische Bauernschönheit trimmen.

Der Statisten-Job brachte zwar nicht allzu viel Geld, aber wenn Pia hinter den Kulissen auf ihren Auftritt wartete, überlief sie jedes Mal wieder ein kleiner Glücksschauer: Es roch nach Staub und parfümierter Körperschminke und auch bei der x-ten Vorstellung lag noch ein erwartungsvoll gespanntes Flirren in der Luft. Pia war sich noch nicht sicher, ob sie Kostüm- oder Bühnenbildnerin werden wollte oder gleich beides in einem; aber auf jeden Fall etwas mit Zeichnen, Bauen, Basteln oder Nähen und ganz sicher nichts mit Paragrafen und Gesetzesnovellen.

Die Probe war – wie üblich, wenn das Ensemble das erste Mal mit allem Drum und Dran auf der Bühne stand – ein Desaster, und Pia war redlich erschöpft, als sie gegen elf die Statisten-Garderobe verließ.

Er stand direkt vor dem Bühneneingang.

»Na?«, sagte er, legte den Kopf schief und lächelte, und Pia war augenblicklich klar, dass sie sich endgültig und unwiderruflich in Jonas Romeike verknallt hatte.

3

Am folgenden Montag erreichte Bernhard und Tamara Peters eine überaus höfliche Nachricht, geschrieben auf cremefarbenem Papier, mit dem Wappen der Tanzschule Romeike oben rechts im Briefkopf:

»Sehr geehrte Familie Peters,

ich möchte mich hiermit bei Ihnen in aller Form für mein unverantwortliches Verhalten und den Ihnen daraus entstandenen Schaden entschuldigen. Ich bin gerne bereit, Ihnen – wie vom Teen-Court vorgeschlagen – an den kommenden vier Wochenenden auf Ihrem Hof zu helfen. Bitte teilen Sie mir mit, um welche Uhrzeit ich am nächsten Samstag bei Ihnen erscheinen soll.

Mit freundlichen Grüßen Jonas Romeike«

»Anständiger Junge«, brummte Bernhard Peters und reichte den Brief an seine Frau weiter.

Tamara Peters überflog das Schreiben. »So ein netter Brief! Lennart, ich weiß wirklich nicht, was du hast.«

Lennart Peters schloss die Augen und legte den Kopf in den Nacken; eine Geste, die er sich bereits im Grundschulalter angewöhnt hatte, wenn ihm Widerworte auf der Zunge lagen oder ein Wutanfall drohte, bei dem er womöglich Dinge sagen würde, die er anschließend bereute.

»Wir erwarten von dir, dass du dich dem Jungen gegenüber anständig verhältst, verstanden?«

Lennart antwortete nicht. Er murmelte eine Entschuldigung, stellte seinen Teller neben der Spüle ab und verließ die elterliche Wohnküche.

Tamara Peters schaute ihrem Sohn kopfschüttelnd hinterher. »Verstehst du, was er hat?«

»Was weiß ich, was in seinem Kopf vorgeht.« Bernhard Peters griff nach seiner Lederjacke und wandte sich zum Gehen. »Jedenfalls sollten wir den jungen Romeike im Auge behalten, wenn er am Samstag kommt. Nicht dass es Ärger gibt, weil Lennart ihn . . .« Er suchte vergeblich nach den richtigen Worten, und da seine Frau bereits damit begonnen hatte, das Abwaschwasser einzulassen, ließ er es dabei bewenden.

Auf dem Weg zu den Pferdeställen sah Bernhard Peters seinen Sohn die Außentreppe zu seinem Zimmer hochsteigen. Nach dem Ausbau des alten Wohnhauses hatte Lennart die Miniaturwohnung über der Doppelgarage bezogen, mit eigener Dusche und einer winzigen Kochnische; ganz für sich allein, lediglich geteilt mit Nagual, seiner Bordercollie-Hündin.

»Euer Sohn ist ein Eigenbrötler«, sagten die Nachbarn. »Ihr Sohn ist hochbegabt«, sagten die Lehrer. »Euer Junge ist irgendwie komisch«, sagten Freunde und Verwandte. Und Bernhard Peters fragte sich zum hundertsten Mal, warum sein einziges Kind nicht sein konnte wie alle anderen.

Während seine Mutter sich um die beiden Stutfohlen kümmerte und sein Vater begann, die Achsen der Kremserkutsche zu schmieren und die Girlanden für die nächste Touristen-Rundfahrt anzubringen, schloss Lennart Peters die Tür hinter sich ab und ließ sich in seinen Ohrensessel fallen.

Eine Fliege schwirrte ziellos im Zimmer umher.

Aus dem Augenwinkel konnte er beobachten, wie sich das kleine, blau schillernde Insekt arglos auf dem Fensterbrett niederließ. Sein Summen verstummte.

Lennart schloss die Augen und kraulte gedankenverloren den Kopf seiner Hündin.

Erneut ein kurzes Summen, dann war es still.

Als Lennart seine Augen wieder öffnete, war das gezahnte Klappmaul der Venusfliegenfalle geschlossen.

»Lass dir's schmecken, Kleine«, murmelte Lennart.

Er hatte gelesen, dass Pflanzen besser gedeihen, wenn man mit ihnen redet.

Auf fleischfressende Pflanzen schien das ganz besonders zuzutreffen: Die ganze Fensterbank war davon überwuchert.

Pia hatte die Sache mit Lennart Peters – und damit den Anlass, bei dem sie Jonas kennengelernt hatte – schon nach dem ersten Kuss erfolgreich verdrängt: Sie hatte Schmetterlinge im Bauch, wenn sie nur an Jonas dachte, und ertappte sich sogar dabei, im Kaufhaus einen Hauch seines Parfums auf ihr Handgelenk zu sprühen und hingerissen daran zu schnuppern.

Sie hatte noch nie einen Jungen kennengelernt, der Parfüm benutzte. Eau Sauvage von Dior. Bei den Preisen musste Jonas' Taschengeld verdammt üppig bemessen sein.

Pia und Jonas fielen auf, wenn sie zusammen unterwegs waren. Das heißt: Jonas fiel auf, mit seinen rabenschwarzen Locken und dem romantischen Samtjackett. Pia kam sich neben ihm – trotz cooler Vintage-Brille – wie ein unscheinbares graues Mäuschen vor. Und uncool war sie obendrein. Jedenfalls kam sie sich gleich am zweiten Abend so vor.

Jonas hatte nach der Vorstellung am Bühneneingang auf sie gewartet. Er stand – seltsamerweise etliche Meter entfernt – in der Goethestraße und hielt einen dicken Strauß langstieliger Rosen in den Händen: Pia war hingerissen!

Bis sie im Näherkommen dicke rote Tropfen zwischen seinen Fingern hervorquellen sah. Sie erschrak bis ins Mark. »Jonas!«, schrie sie. »Pass auf! Die Dornen!«

Als das Blut in Strömen über Jonas' Hände lief, war sie in heller Panik auf ihn zugerannt. »Hör auf! Du tust dir weh!«

Doch Jonas lächelte und stand ungerührt da, während sich zu seinen Füßen kleine rote Pfützen bildeten.

Als Pia unmittelbar vor ihm stand, begann er, schallend zu lachen. Hinter ihm tauchte Daniel, der Masken-Azubi, auf und stimmte in das Gelächter ein.

»Blutkissen!«, kicherte Daniel und bearbeitete Jonas'

Hände mit Papierhandtüchern. Die beiden amüsierten sich königlich!

Pia brauchte einen Moment, bis sie verstand: Die beiden Jungs waren anscheinend, während Jonas vor dem Opernhaus auf sie wartete, ins Gespräch gekommen und hatten sich das Ganze als tollen Gag ausgedacht: Bühnenblut, eingeschweißt in kleine Plastiktütchen, die man einfach nach Bedarf zerquetschen konnte!

Pia lachte nicht mit. Sie fand das alles überhaupt nicht komisch und die Stimmung zwischen ihr und Jonas war nachhaltig getrübt. Bis Jonas ihr die Haare zur Seite strich, sie in den Nacken küsste und »sorry . . .« flüsterte; eingehüllt in einen Hauch von Eau Sauvage. »War nicht meine Idee. Aber dieser Daniel fand's irre komisch und hat gewettet, dass du drauf reinfällst. War dumm von mir . . . Sorry . . . Okay?«

Sie hatte »okay« gesagt und versucht, das Ganze als blöden Scherz abzutun. Aber es wirkte nach.

Bin ich verklemmt? Humorlos? Nachtragend? Zickig?

Sie bedauerte nicht zum ersten Mal, dass nach Amelies Umzug nichts von ihrer früheren Nähe und Vertrautheit übrig geblieben war. Ihr Verhältnis hatte sich innerhalb kürzester Zeit von »beste Freundin« auf ein paar Facebook-Frozzeleien reduziert. Wahrscheinlich hätte Amelie die Aktion der beiden Jungs mit »saublöde Puberto-Nummer« kommentiert und ihr nach Kräften den Rücken gestärkt. Aber sicher war Pia sich da nicht.

Einen Tag später lud Jonas Pia ins *Mona Lisa* ein.

Candle Light Dinner! Und das mit siebzehn!

Und teuer war es außerdem.

»Jonas, das mit dem Geld ist mir peinlich! Ich kann mich beim besten Willen nicht revanchieren, und deshalb . . .«

»Quatsch. Meine Alten verdienen genug.«

»Meine auch, aber darum geht es doch gar nicht!«

»Ich bin schon mit dreizehn regelmäßig auswärts essen gegangen. Wenn meine Alten bei Meisterschaften waren oder so.«

»Aber das hat doch nichts mit uns beiden zu tun!«

»Eben.«

Er hatte lässig die Rechnung bezahlt und zum Abschied hatten sie sich am Taxistand stundenlang geküsst und alles war wieder gut.

Bis auf die Sache mit dem Geld. Pia hatte sich fest vorgenommen, die Lateinstunden bei den Matusseks aufzugeben, aber unter den gegebenen Umständen hielt sie es für klüger, die Zähne zusammenzubeißen und durchzuhalten. Obwohl ihr das Getue von Rebeccas Mutter von Mal zu Mal mehr auf die Nerven ging.

Am Donnerstag war es wieder so weit.

Rebecca und ihre Mutter wohnten am Ende einer Stichstraße. Krieg und Nachkriegszeit hatten an dem einstmals schmucken Einfamilienhäuschen unverkennbar ihre Spuren hinterlassen. Das Resultat war ein liebloser Materialmix aus Rauputz, Glasbausteinen und Wellplastik, umgeben von einer ausgemergelten Ligusterhecke.

Therese Matussek öffnete mit dem üblichen Begeisterungsschrei – »Piiiia, wie schöööön!« – die Tür.

Es roch nach Knoblauch und Räucherstäbchen.
Pia drehte es auf der Stelle den Magen um.
»Magst du noch was mitessen?«
»Nein, danke.«
»Becky ist draußen im Garten.«
Rebecca lag im Bikini in der Sonne und machte keinerlei Anstalten, sich Ciceros Anklagerede gegen Verres zu widmen.
»War das da im Park dein neuer Freund?«
Pia zuckte die Achseln. »Nicht, dass ich wüsste.«
Und jetzt halt die Klappe! Was ich außerhalb der Nachhilfestunden tue oder lasse, geht dich nichts, aber auch gar nichts an!
Demonstrativ zog sie Rebeccas Latein-Übungsheft unter einem Stapel Teenie-Zeitschriften hervor. »Komm, wir gehen Ciceros Rede Satz für Satz in Ruhe durch: Quod erat optandum maxime, iudices, et quod unum ad invidiam . . .«
»Woher kennst du den denn eigentlich?«
»Cicero? Kennt doch jeder!«
»Quatsch!« Rebecca kicherte. »Ich mein, diesen Jonas.«
»Rebecca, ehrlich: Deine Mutter zahlt neun Euro die Stunde, damit du was lernst und nicht, um mein Liebesleben durchzuhecheln, okay?«
»Ach? Also doch!« Rebecca klatschte in die Hände, als habe sie soeben die ultimative Quizfrage beantwortet. »Liiiiebesleben und so!« Sie zog das I genauso penetrant in die Länge wie ihre Mutter. »Und?« Sie kicherte erneut, »Wie ist er denn so?«
»Rebecca, jetzt hör bitte auf! Jonas Romeike war in

diesen Fall letzten Winter verwickelt, diese Schulhof-Sache im Humboldt, okay? Wir haben uns nach der Teen-Court-Sitzung zufällig im Park getroffen. Das war alles!«

Das alles sollte ich dir wirklich nicht auf die Nase binden, aber vielleicht gibst du dann endlich Ruhe!

»Wow! Aber der sieht überhaupt nicht aus wie 'n Verbrecher.«

»Ist er auch nicht!« Pia war kurz davor, Rebecca eine runterzuhauen. »Also von vorn: Quod erat optandum maxime, iudices . . .«

»Und muss der jetzt in'n Knast?«

»Wer muss in den Knast?«

Wie auf's Stichwort betrat Beckys Mutter mit einem Kaffeetablett den Garten.

»Niemand, Frau Matussek. Das ist ja gerade der Sinn von Schülergerichten. Da geht es in erster Linie um Einsicht und Täter-Opfer-Ausgleich.«

Therese Matussek verteilte Thermoskanne, Teller, Tassen, Milch und eine Platte mit Möhrenkuchen auf dem Gartentisch. »Und was heißt das?«

Pia ärgerte sich zum hundertsten Mal, dass ihre Unterrichtsstunden zum Kaffeeklatsch umfunktioniert wurden, aber ihr fiel beim besten Willen keine einigermaßen höfliche Ablehungsfloskel ein.

Therese Matussek setzte sich auf die Gartenbank, füllte ihren Kaffee mit reichlich Milchschaum auf und ließ sich für neun Euro die Stunde haarklein erzählen, was es mit dem Teen-Court-an-sich und mit Jonas Romeike im Besonderen auf sich hatte.

Cicero wird sich im Grabe herumdrehen!, dachte Pia. *Obwohl: Wahrscheinlich wäre es ihm letzten Endes schnurzpiepegal, ob ein perlweiß irisierendes Wunderkind seine Texte versteht oder nicht.*

Als Pia gut zwei Stunden später – immer noch ärgerlich und frustriert – das Haus verließ, hatte Becky Matussek trotz Pias eiserner Diskretion genügend Fakten gesammelt, um mit ein paar gezielten Google-Klicks bei Täter, Tat und Opfer zu landen.

Sie griff zum Telefon. »Reiterhof Peters? Ich würde mich gern zu einer kostenlosen Probestunde anmelden. Am nächsten Samstag? Perfekt!«

Der Rest der Woche stürzte Pia in ein so heftiges Wechselbad der Gefühle, dass sie den nervigen Nachmittag bei den Matusseks schnell wieder vergaß: Jeden Abend Endproben im Opernhaus, danach holte Jonas sie ab. Pia ging zwar zum Tanzen am liebsten ins *Dark Flower* – nicht zuletzt, weil man sich dort für die verschiedenen Events nach Herzenslust verkleiden konnte –, aber Jonas mochte die Schwarze Szene trotz seines Vampirprinzen-Outfits überhaupt nicht, und so verbrachten sie die Nächte in den wesentlich teureren Nobel-Klubs der Stadt. Dass sie beide noch keine achtzehn waren, schien die Türsteher nicht zu stören. Die meisten begrüßten Jonas wie einen alten Bekannten, und die jeweiligen Barkeeper schenkten ihnen ohne nachzufragen Mai Tais, Pina Coladas oder Caipirinhas aus.

Auf Pias fragenden Gesichtsausdruck hin hatte Jonas gelacht und einen abgegriffenen Ausweis aus der Hosentasche gezogen. »Perso von meinem Cousin. Niko Wagenbreth, zwanzig. Mit ’n bisschen Fantasie hat er sogar Ähnlichkeit mit mir.«

Mit sehr viel Fantasie, dachte Pia angesichts des blond gesträhnten Mondgesichts, das ihr auf dem Passfoto entgegengrinste.

Ihr Taschengeld schmolz bei zehn Euro pro Cocktail rapide dahin, und nie vor zwei, drei Uhr ins Bett zu kommen, fand sie auf die Dauer auch nicht so prickelnd. Aber Jonas war offenbar eine echte Nachteule.

Als sie nach der Generalprobe Seite an Seite in den Liegestühlen des *La Boum* lagen – diesmal hatte Pia sich mit der Wahl der Location durchgesetzt –, fielen ihr vor Müdigkeit beinahe die Augen zu.

»Du, Jonas, morgen Nachmittag hab ich nichts weiter vor. Hast du nicht Lust, mal zu mir zu kommen?«

Sie konnte es kaum erwarten, Jonas ihr Zimmer zu zeigen: Was sie da aus E-bay-Schätzen, Flohmarktstücken und alten Vorhangstoffen zusammengestellt hatte, war – wie bis jetzt jeder bestätigt hatte – spektakulär, und Pia brannte geradezu darauf, Jonas mit ihrem selbst geschaffenen Paradies zu beeindrucken.

Statt einer Antwort schaute Jonas ihr tief in die Augen.

Pia wusste nicht recht, ob das Kribbeln, das er mit dieser Nummer regelmäßig bei ihr verursachte, erotisierend oder eher beängstigend war.

Irgendwie beides gleichzeitig.

»Hattest Du schon mal Sex . . .?«

Pia war wie vom Donner gerührt. »W. . .was?«, stotterte sie und merkte, dass sie feuerrot wurde.

Jonas grinste. ». . . On The Beach. Sex On The Beach: Cranberry-Juice, O-Saft, Pfirsichschnaps und Wodka.«

»Ich . . . Oh, ach so . . . N-n-nee . . . Wieso?«

Ihr war klar, dass Jonas sie mit Absicht aufs Glatteis geführt hatte, auch wenn er der Bedienung mit Unschuldsmiene »Zwei Sex On The Beach« hinterherrief und sich mit »Wirst sehen: echt lecker!« zu ihr zurückwandte.

Pia überlegte hektisch, ob es angebracht war, Jonas zu beichten, dass sie bis dato weder Sex On The Beach noch überhaupt irgendwelchen Sex gehabt hatte.

Jedenfalls keinen ernst zu nehmenden.

»Und?«, fragte Jonas, ohne Pia Zeit zu lassen, ihre Gedanken und Gefühle zu sortieren. »Hast du oder hast du nicht?«

Also dann: Kurz und schmerzlos raus damit!

»Nicht.«

»Und?«

»Was?«

»Lust?«

»Schon.« Pia zögerte. »Nur irgendwie . . .«

Irgendwie ging ihr das alles zu schnell und irgendwie war ihr das alles zu unromantisch. Und sie war enttäuscht, dass Jonas noch nicht einmal ansatzweise auf ihre Einladung eingegangen war. Aber das traute sie sich einfach nicht auszusprechen.

Als Jonas sie am Premierenabend in eine der leer stehenden Garderoben zog und auf die durchgesessene alte Liege zusteuerte, die dort stand, klopfte ihr das Herz bis zum Hals. »Jonas, nein! Was ist, wenn jemand hier reinkommt?«

»Wer denn? Die sind doch alle unterwegs zur Premierenfeier.«

»Aber kann doch sein, dass jemand was vergessen hat und und hierher zurückkommt, und . . .«

»Na und? Das ist doch gerade der Kick . . .«

Einen Moment lang überlegte Pia, ob sie einfach alles geschehen lassen sollte. Das erste Mal war ja – laut der einschlägigen Internet-Seiten – ohnehin meist nicht so toll. Vielleicht sollte sie einfach versuchen, nicht weiter darüber nachzudenken.

Einfach ruhig bleiben und an was Schönes denken . . .

Es ging nicht. Als sie merkte, dass ihr Tränen in die Augen stiegen, sprang sie auf.

»Bitte nicht!«

»Okay«, sagte Jonas, stand auf und verließ ohne ein weiteres Wort den Raum.

»Jonas! Warte!« Pia knöpfte hektisch ihr Kleid wieder zu und stürzte ihm hinterher. Aber als sie die Garderobe verließ, war Jonas bereits im Treppenhaus verschwunden.

Zu Hause angekommen gab Pia die Versuche, ihn auf seinem Handy zu erreichen, auf und weinte sich in den Schlaf.

Am nächsten Morgen schüttelte Barbara Canisius angesichts Pias rot verschwollener Augen besorgt den

Kopf. »Ach du lieber Himmel, Mäuschen, wie siehst du denn aus? Bist allergisch gegen das Waschpulver, hm?«

»Genau. Allergisch. Das wird's wohl sein.« Der ironische Unterton entging ihrer Mutter vollkommen.

»Ich werd Frau Lehmberg Bescheid sagen, dass sie das Waschmittel wechseln soll.« Und damit war sie verschwunden, herunter ins Parterre, einen Müsliriegel in der Linken und eine fingerhutgroße Espressotasse in der Rechten: Das Rechtsanwaltsbüro Canisius & Canisius war eben auch am Wochenende stets zu Diensten der Klienten.

Im Bad warf Pia einen kritischen Blick in den Spiegel.

Wie heißt es noch gleich in diesem Uralt-Schlager? »His Love Makes Me Beautiful«? Bullshit. Absoluter bullshit.

Sie ärgerte sich zum x-ten Mal darüber, nicht auf den netten jungen Optiker gehört zu haben, der ihr ein dioptrienangepasstes Gratis-Modell angeboten hatte, und stibitzte die dunkelste Sonnenbrille ihrer Mutter aus dem Badregal.

Besser schlecht sehen als schlecht aussehen.

Es dauerte eine Weile, bis Nele an ihr Handy ging. Den Hintergrundgeräuschen zufolge war sie zu Hause.

»Nele? Hast du mal fünf Minuten?«

»Liebeskummer oder ist es was Ernstes?«

Haha. Sehr witzig.

»Beides.«

»Okay.«

Als Pia bei Christian und Nele ankam, hatte ihre Schwester bereits Schokoladenkuchen und eine Flasche Prosecco auf den Tisch gestellt.

Christian war leicht pikiert, weil Nele ihn offenbar für ein paar Stunden des Hauses verwiesen hatte. »Na dann, tschüss, ihr beiden«, brummte er und stopfte einen Krimi in die Tasche seines Armani-Blazers.

Pia konnte nicht umhin festzustellen, dass Nele ihren Zukünftigen offenbar eisern im Griff hatte.

Zu blöd, dass meine Schwester das Coolness-Gen der Familie total für sich allein gepachtet hat.

Entsprechend fiel Neles Reaktion auf Pias Schilderung des verkorksten letzten Abends aus: »Weißt du, was? Vergiss ihn einfach.«

»Toller Tipp.«

»Der erste Sex in 'ner abgeranzten Künstlergarderobe? Wie krank ist das denn?«

»Na jaaa . . .« Pia fand es weder sinnvoll noch tröstlich, auf Jonas' Verhalten rumzuhacken. »Er ist in diesen Dingen halt lockerer drauf als ich.«

»So locker, dass es scheißegal ist, wie du dich dabei fühlst?!«

Als Pia darauf partout keine Antwort einfallen wollte, köpfte Nele den Prosecco, goss zwei Gläser randvoll und prostete ihrer kleinen Schwester aufmunternd zu.

»Ich hab mal von 'nem Paar gehört – voll bescheuert! –, das hat's am liebsten in Umkleidekabinen von Kaufhäusern getrieben!«, fuhr sie kichernd fort, »weil es die beiden total angetörnt hat, womöglich in flagranti erwischt zu werden!«

Pia nahm einen tiefen Schluck Prosecco und kuschelte sich in die Arme ihrer Schwester.

»Nele«, seufzte sie wohlig, »deine Aufmunterungsversuche sind wie immer der nackte Albtraum.«

»Nee: echt?«

»Echt.«

4

Während Pia sich auf Neles ausladender Couch in Selbstvorwürfen wegen ihrer Unerfahrenheit im Allgemeinen und in Bezug auf Jonas im Besonderen erging, nahm Lennart Peters am anderen Ende der Stadt seine Hündin an die Leine und ging an den Pferdekoppeln vorbei zur Bushaltestelle.

»Du solltest diesen Jonas abholen, wenn er heute Nachmittag zum ersten Mal kommt«, hatte sein Vater gesagt und »Du musst dem Jungen das Gefühl geben, dass du nicht mehr sauer auf ihn bist«, hatte seine Mutter hinzugefügt. Lennart wusste, dass jede weitere Diskussion sinnlos war, und ließ es dabei bewenden.

Nagual knurrte, als Jonas ausstieg.

»'n Tag, Jonas.«

»Hi, Len.«

Als Jonas näher kam, sträubten sich Naguals Nackenhaare und ihr Knurren wurde lauter.

»Dass das klar ist: Ich bin nur hier, weil meine Eltern das für einen unabdingbaren Akt der Höflichkeit halten«, sagte Lennart. Er kraulte beruhigend Naguals Nacken und die Hündin verstummte.

»Kein Problem.« Jonas zuckte die Achseln. »Ich bin eh nur hier, weil die Kids vom Teen-Court offenbar glauben, dass man mit guten Taten die Welt verändert.«

»Schön, dass wir das geklärt haben.«

Im Pferdestall angekommen hängte Lennart Naguals Leine an den Haken neben der Tür und die Hündin stob davon.

Dann reichte er Jonas ein Paar Gummistiefel.

»Die dürften passen.«

»Und? Was soll ich machen?«

Mit einer Kopfbewegung deutete Lennart auf eine Reihe leer stehender Boxen. »Sauber machen und dann frische Streu aufschütten.«

»Na toll! Scheiße wegräumen!«

»Gehört nun mal dazu. Und die feuchte Streu muss ebenfalls raus. Ist ein bisschen wie Katzenklo sauber machen. Riecht dafür nicht ganz so schlimm.«

»Und was ist mit dem Gaul dahinten?«

»Das ist Finesse, das One-Million-Dollar-Babe von den von Alsfelds. Nicht nervös machen! Und die Box natürlich erst ausmisten, wenn ich sie rausgeholt habe. So in 'ner guten Stunde.«

»Ich kann ihr ja in der Zwischenzeit den Kopf absägen und dir heimlich ins Bett packen. Wie in *Der Pate eins*.«

Lennart verzog keine Miene. »Die Säcke mit der Streu stehen dahinten, und wenn du noch Fragen hast . . .«

Bevor er weitersprechen konnte, klopfte jemand draußen an die Stalltür.

»Hallo?« In der Tür erschien eine zierliche Mädchengestalt. Im Gegenlicht hatte sie beinahe etwas Engelhaftes in ihrem langen weißen Baumwollkleid.

»Wo findet denn hier die Probe-Reitstunde statt?«

»In der Halle. Ich komm gleich.« Lennart stutzte. »Hast du keine Jeans oder so was mitgebracht?«

»Ich trag grundsätzlich keine Jeans.«

»Das kannst du natürlich halten, wie du willst«, Lennart hob in einer Art Abwehrbewegung beide Hände, »aber – sorry – in den Klamotten steigst du mir nicht in den Sattel.«

Rebecca drehte sich kokett einmal um sich selbst. »Wieso? Was gefällt dir denn nicht an meinem Kleid?«

Sie trug einen Mittelscheitel und hatte die Haare an der linken Schläfe mit einer Haarspange zurückgesteckt, die im hereinfallenden Sonnenlicht in allen Regenbogenfarben glitzerte. Jonas stand ein paar Schritte hinter Lennart und starrte Rebecca an wie eine Erscheinung.

»Herrgott noch mal!« Lennart machte keinen Hehl daraus, dass ihm die Show, die die Neue da abzog, auf die Nerven ging. »Wenn du mit dem Kleid im Steigbügel hängen bleibst, kann wer weiß was passieren! Außerdem kann ich so deine Bein- und Fußstellung nicht kontrollieren.«

»Ach? Wie schade.« Aus Rebeccas Mund klang das geradezu anzüglich.

Seufzend lenkte Lennart ein. »Okay, ich mach dir 'nen Vorschlag. Meine Mutter hortet jede Menge Klamotten, in die sie nicht mehr reinpasst. Bestimmt leiht sie dir eine von ihren alten Reithosen. Sind alle sauber gewaschen und mottensicher eingetütet, also keine Panik. Klingel einfach mal drüben im Wohnhaus, okay?«

Im Gehen wandte er sich noch einmal zu Jonas um: »Streu? Pi mal Daumen 'n halben bis ganzen Sack pro Box. Wenn du Fragen hast: ich bin in der Halle.« Und damit war er, vorbei an der immer noch dekorativ in der Tür lehnenden Rebecca, verschwunden.

»Wie kommst *du* denn hierher?«, fragte Jonas, als Lennart außer Hörweite war.

»Reiner Zufall . . .« Rebecca machte eine Kunstpause. ». . . oder auch nicht.«

In Nele Canisius' Wohnzimmer war der Schokoladenkuchen inzwischen einem riesigen Alu-Tablett mit Sushi gewichen.

Typisch Nele: Home delivery, aber immer vom Feinsten.

Während Pia sich genüsslich eine California-Roll in den Mund schob, griff Nele zu einer der Papierservietten und tupfte sich stilvoll den Mund. »Dein Jonas ist doch heute auf diesem Reiterhof, oder?«

Pia konnte mit vollem Mund nur bestätigend nicken.

»Warum holst du ihn da nicht einfach ab und lädst ihn deinerseits mal schick zum Essen ein?«

»Erstens . . .« Pia spülte die California-Roll mit einem großen Schluck San Pellegrino hinunter. »Erstens weil ich für heute pickepackesatt bin und zweitens weil ich mir das nicht leisten kann.«

Sofort griff Nele zu ihrem Portemonnaie, aber Pia wehrte energisch ab. »Nee, lass man stecken, danke.«

»Kannst ihn doch auch einfach so abholen. Ist doch kindisch, dass er nicht ans Telefon geht.«

»Und wenn er sich dann kontrolliert vorkommt?«

»Wegen des Teen-Court-Urteils oder was?«

»Genau.«

»Tz . . .« Nele schüttelte indigniert den Kopf.

Okay, Schwesterherz, dachte Pia und angelte sich das letzte Lachs-Nigiri vom Tablett, *jetzt kommt garantiert wieder eine deiner unschlagbaren Lebensweisheiten.*

»Weißt du, warum so viele Beziehungen scheitern?«

Na, bitte!

Pia schüttelte kauend den Kopf.

»Weil wir Mädels uns viel zu oft fragen, wie *Er* wohl reagieren könnte, statt einfach zu tun, was wir für richtig halten.«

Wie sich herausstellte, hätte Pia sich ihre Skrupel sparen können. Als sie auf dem Petershof ankam, war weit und breit kein Mensch zu sehen.

In der Einfahrt parkte ein tarngrüner Geländewagen mit kreisrundem rotem Logo auf der Heckscheibe: Ein weißes V mit einem Äskulapstab darüber.

V wie Veterinärmediziner.

Aha. Der Tierarzt. Hat sich nicht mal die Zeit genommen, die Fahrertür zuzumachen. Offenbar hatte er es eilig.

Pia sah sich auf dem Hofgelände um: Ein ockerfarbenes Backsteinensemble aus dem vorletzten Jahrhundert, dreiseitig, mit Stall, Remise, Scheune und Wohnhaus; ergänzt durch einen modernen Anbau mit Doppelgarage. In der ehemaligen Schmiede hatte man eine kleine

Gastwirtschaft – eher ein Kiosk als ein richtiges Lokal – eingerichtet. »Zur Tränke« stand über der Tür. Sie war verschlossen.

Pia warf einen Blick in die Reithalle und die Stallungen und rief ein paarmal »Hallo?«, obwohl ihr klar war, dass sich niemand in Hörweite befand. Schließlich fasste sie sich ein Herz und klingelte an der Tür des Wohngebäudes. Aber auch da rührte sich nichts.

Sie war bereits im Begriff, den Hof zu verlassen, als hinter ihr jemand »Wollen Sie zu uns?« rief. Eine knochige, leicht verhärmt wirkende Frau in Gummistiefeln kam um den Anbau herum auf sie zu. »Wie ich das sehe, gibt's heute keine Probestunden mehr.«

Die Frau trug abgewetzte Reithosen und eine khakifarbene Armyjacke, unter der ein verwaschenes T-Shirt mit Pferdekopf zu erkennen war. »Sie müssen sich sowieso vorher anmelden. Nummer steht draußen auf dem Schild.«

»Nein-nein, ich . . . Frau Peters, nehm ich an.«

Die Frau nickte und betrat, ohne Pia eines weiteren Blickes zu würdigen, das Haus.

Na reizend. So macht man sich Freunde.

Bevor Pia sich zu einer schnippischen Bermerkung hinreißen ließ, besann sie sich auf ihre gute Erziehung. »Frau Peters, bitte entschuldigen Sie die Störung. Ich heiße Pia Canisius und ich wollte Jonas Romeike abho. . .«

Weiter kam sie nicht.

»Ach, Sie kommen von von diesem Schüler- . . . Dings?«, fuhr Tamara Peters sie an.

Erschrocken wich Pia einen Schritt zurück. »Teen-Court?«

»Ja. Wie auch immer. Echt keine gute Idee, das Ganze! Wirklich nicht! Hab ich ja gleich gesagt! Schafft nur böses Blut!«

Pia hatte nicht die geringste Lust, mit dieser ruppigen Frau herumzudiskutieren. Ihr lag schon auf der Zunge, so etwas wie »Ich bin privat hier« zu sagen, als sie bemerkte, dass ihr Gegenüber mit den Tränen kämpfte. »Hinterm Haus«, sagte Tamara Peters schließlich und deutete mit einer Kopfbewegung auf den Anbau, bevor sie die Tür hinter sich schloss.

»Hinterm Haus« war ein im Wortsinne weitläufiger Begriff: Der Garten erstreckte sich über die gesamte Fläche einer ehemaligen Pferdekoppel und befand sich – der Bepflanzung nach zu urteilen – erst im Anfangsstadium der Gestaltung. Nicht weit vom Wohnhaus entfernt hatten die Peters einen Swimmingpool angelegt.

Am Rand des Pools stand ein Zementmischer, daneben waren hellblaue Fliesen gestapelt. Dahinter standen - halb verdeckt – ein untersetzter älterer Mann und eine junge Frau. Sie beugten sich über etwas, das am Boden lag. Pia hörte, wie der Mann so etwas sagte wie ». . . überflüssig . . .« und ». . .was soll's?«.

Der Rest war aus der Entfernung nicht zu verstehen.

Schließlich klopfte ihm die Frau beruhigend auf die Schulter und wandte sich zum Gehen. »Lass ihn doch, Bernhard. Fünfzig bis sechzig Zentimeter tief reicht vollkommen. Alles kein Problem und absolut legal.«

Als die Frau näher kam, entdeckte Pia das rote Abzeichen mit V und Schlangenstab auf ihrem Arztkoffer. Die Tierärztin grüßte Pia mit einem kurzen Kopfnicken und stapfte davon, während der Mann – ohne Pia zu bemerken – über die Terrasse ins Haus ging und die Tür hinter sich zuschlug.

Pia spürte plötzlich einen beinahe unwiderstehlichen Drang davonzulaufen.

Irgendwas ist hier ganz und gar nicht in Ordnung.

Dann hörte sie es: Ein unterdrückter Klagelaut, gefolgt von trockenem Schluchzen.

»Jonas!« Pia rannte los, in die Richtung, aus der das Geräusch gekommen war; dahin, wo vorher der Mann und die Frau gestanden hatten.

Der Junge, der dort am Boden saß, hatte glatte hellbraune Haare und war bis auf die Haut durchnässt. In seinem Schoß lag eine kleine schwarz-weiße Bordercolliehündin mit triefnassem Fell. Bewegungslos. Es dauerte einen Moment, bis Pia aufging, dass sie tot war.

»Oh Gott!« Unwillkürlich schlug Pia die Hand vor den Mund, »ich ... ich ... oh, Entschuldigung ... tut mir leid.«

»Schon okay«, murmelte der junge Mann.

Das muss Lennart Peters sein.

Wahrscheinlich denkt er, ich komm wegen irgendwelcher Reitstunden. Genau wie seine Mutter.

Unschlüssig blieb Pia stehen. Sie brachte es einfach nicht fertig, in dieser Situation zu irgendwelchen Erklärungen auszuholen.

»Sie hieß Nagual«, sagte Lennart Peters, ohne Pia anzuschauen. »Naguals sind so was wie . . . freundliche Geistwesen. Oder Schutzengel. Nach aztekischem Glauben.« Zärtlich strich er über das nasse Fell seiner Hündin. »Heut' hätt' sie selbst 'nen Schutzengel brauchen können.«

Dann wandte er sich Pia zu und deutete auf eine Sitzecke am hinteren Ende des Gartens. »Gib mir ein paar Minuten, ja? Bin gleich bei dir.«

Pia schluckte, aber das Engegefühl im Hals wollte einfach nicht verschwinden. »Okay«, sagte sie, ging hinunter zu dem kleinen Bachlauf, der das Gelände begrenzte, und setzte sich auf die weiß gestrichene Gartenbank.

Sie dachte an Gizmo, den Terriermischling, der sie durch ihre gesamte Kindheit begleitet hatte. Er war vor knapp zwei Jahren – ergraut und hochbetagt – ganz einfach nicht mehr aufgewacht: Als sie ihn morgens fand, lag er wie immer friedlich vor der Kinderzimmertür auf seinem Kissen und hatte aufgehört zu atmen.

»Nice way to go«, hatte Nele gesagt und ihn mit Pia zusammen im Garten beerdigt. Auf seinem Grab wuchs eine Pfingstrose.

Plötzlich wurde Pia klar, worum es da eben gegangen war.

Sein Vater wollte Lennarts Hund gleich der Tierärztin mitgeben. Tierkörperverwertung. Keine Zeit zu trauern. »Ist doch nur ein Tier«. Wie grausam.

Als Lennart Peters eine knappe Viertelstunde später auf Pia zukam, war er wie ausgewechselt. Er hatte sich umgezogen und sah aus, als sei nichts geschehen: Polohemd und Jeans, kühl, professionell und höflich.

»Danke fürs Warten!«, rief er im Näherkommen. »Wenn du möchtest, können wir jetzt gern 'ne Proberunde in der Halle drehen!«

Pia stand auf. »Danke, aber . . . Das ist ein Missverständnis. Tut mir leid, das mit deinem Hund, und dass ich da eben einfach so reingeplatzt bin.«

»Kein Problem.«

»Ich bin nur hier, um Jonas Romeike abzuholen. Weißt du, wo er steckt?«

Bei der Erwähnung von Jonas' Namen verloren Lennart Peters' sanfte graue Augen schlagartig jede Wärme, und er ging geradezu körperlich spürbar auf Distanz.

»Dein Freund ist gleich anschließend an das da verschwunden.«

Bei »das da« machte er eine Kopfbewegung in Richtung Pool.

»Was? Wieso?«, fragte Pia verwirrt. »Was ist denn überhaupt passiert?«

Statt einer Antwort forderte Lennart Pia mit einer Geste auf, ihm zu folgen.

Er hatte Nagual unter einer Birkengruppe auf eine Decke gebettet. Die Hündin war noch jung.

»Drei Jahre«, sagte Lennart, als habe er Pias Gedanken erraten. »Nagual ist hier auf dem Hof aufgewachsen. Sie kannte sich bestens aus. Sie wäre niemals in das Becken gesprungen oder versehentlich reingestürzt.«

»Was soll das heißen?« Pia merkte, dass sie blass wurde.

Sie wusste genau, was das heißen sollte, aber sie wollte es hören. Wörtlich. Sie nahm die dunkle Brille ab und sah Lennart Peters direkt in die Augen.

Er hielt ihrem Blick stand, und plötzlich kehrte die anfängliche Sanftheit in seinen Augen wieder zurück. Er hob mit einer hilflosen Geste die Schultern. »Sie hatte die Leine an, als ich sie aus dem Wasser gezogen hab«, sagte er leise, »und die hat sie sich nun mal mit Sicherheit nicht selbst angelegt.«

Pia schnappte empört nach Luft. Auch wenn er es nicht offen sagte, war klar, dass Lennart Peters allen Ernstes davon ausging, dass Jonas etwas mit dem Tod seiner Hündin zu tun hatte!

Absurd! Einfach absurd!

»Du glaubst doch nicht allen Ernstes, Jonas wär' dazu fähig, einem Tier so was anzutun?!«

»Hab ich das gesagt?«

»Nein, aber das denkst du, oder?«

»Ich denke, wer mal eben aus Spaß einen Mitschüler übern Haufen fährt, ist zu allem fähig.«

»Aber ... Er hat dich doch nicht mit Absicht ...« Was Lennart Peters da behauptete, war einfach ungeheuerlich!

Bevor Pia weitersprechen konnte, legte Lennart ihr die Hand auf die Schulter. »Tut mir leid. Ich wollte dir nicht wehtun mit dem, was ich gesagt habe. War dumm von mir, dich da mit reinzuziehen. Sorry.«

Pia rührte sich nicht vom Fleck. Ihre Gedanken rasten. Sie überlegte verzweifelt, was sie tun oder sagen könnte, um Lennart Peters von Jonas' Unschuld zu überzeugen, aber ihr fiel partout nichts ein.

Ein paar endlose Sekunden lang standen sich die beiden schweigend gegenüber. Pia spürte die Wärme von Lennarts Hand auf ihrer Schulter, und plötzlich hatte sie das völlig irrationale Bedürfnis, sich in seine Arme zu werfen und sich trösten zu lassen und alles andere um sich herum zu vergessen.

Erschrocken schüttelte sie Lennarts Hand ab und rannte davon.

Sie stieß beinahe mit Lennarts Mutter zusammen, die - einen Spaten in der Hand - auf die Birkengruppe zuging.

»Lennart? Was hast du dem Mädel gesagt?«

»Was soll ich gesagt haben? Nichts.«

»Ich mein ja nur. Man will schließlich keinen Ärger.«

Lennart legte den Kopf in den Nacken, schloss die Augen und schwieg.

»Und beweisen kannst du dem Jungen eh nichts«, fügte Tamara Peters hinzu.

»Komm, lass mich das machen«, sagte Lennart und nahm ihr den Spaten aus der Hand.

Während er Naguals Grab aushob, nestelte seine Mutter ein Päckchen »Golddollar« aus der Tasche, zündete sich eine Zigarette an und inhalierte gierig.

»Die Setterhündin von den Dreschmanns hat Junge«, sagte sie nach ein paar Zügen, »wenn du willst, kannst du dir morgen eins aussuchen.«

»Danke. Nein.«

Als die Grube tief genug ausgehoben war, stützte Lennart sich einen Moment lang auf den Spaten, um wieder zu Atem zu kommen. »Sag mal: Warum hast du dem anderen Mädchen eigentlich nicht ein paar von deinen alten Reitklamotten geliehen?«

»Welchem anderen Mädchen?«

»Der mit dem Hippiekleid.«

»Keine Ahnung, wovon du redest.«

»Rebecca Martens oder Matzek oder so. War um halb drei angemeldet. Ich hab stundenlang in der Halle auf sie gewartet.«

»Halb drei?« Tamara Peters zuckte die Achseln und zerknüllte das leere »Golddollar«-Päckchen. »Da hat niemand geklingelt.«

5

Als Pia Jonas vor der nächsten Cavalleria-Vorstellung endlich auf seinem Handy erreichte, wirkte er fahrig und unkonzentriert. Von dem missglückten Abend war keine Rede mehr. Auch nicht davon, dass er keine von Pias verzweifelten SMS beantwortet hatte.

Auf ihre Frage, wie es denn auf dem Petershof gelaufen wäre – Pia kam sich ein bisschen schäbig dabei vor, aber sie hatte sich entschlossen, Jonas nichts von ihrem Besuch dort zu erzählen –, sagte er kurz angebunden: »Ich geh da nicht mehr hin.«

»Was?!« Pia kam sich gleich noch ein wenig schäbiger vor, als sie so tat, als wisse sie von nichts, aber sie wollte nun mal unbedingt Jonas' Version der Ereignisse hören. »Wieso das denn nicht?«

»Ich hab doch gesagt: Der Typ ist krank im Kopf! Erst behauptet er, ich hätte ihn absichtlich angefahren, und dann ersäuft er seinen eigenen Hund, um mir das anzuhängen!«

»So ein Quatsch! Wer macht denn *so was?!*«

»Sag ich doch: Der tickt nicht richtig! Voll schizo!«

So kam mir Lennart Peters aber überhaupt nicht vor. Andererseits . . .

Pia wusste beim besten Willen nicht, wie sie auf Jonas' Unterstellungen reagieren sollte, und so trat sie – wie immer – die Flucht nach vorn an.

»Mensch, Jonas! Das kannst du nicht machen! Geh ihm doch einfach aus dem Weg! Wenn du an den nächsten drei Wochenenden da nicht aufkreuzt, ist das Teen-Court-Urteil hinfällig, und du landest vor Gericht! Fabian hat doch klar und deutlich gesagt, was dann passiert!«

»Ich denk ja nicht dran! *Ihr* habt euch den Mist mit dem Stalldienst doch ausgedacht! Dann sorgt *ihr* doch dafür, dass dieser Peters sich verzieht, wenn ich da bin!«

Pia drehte es schier den Magen um: Was hatten sie mit ihrem gut gemeinten Urteil bloß angerichtet!

Dabei hat Lennart Peters doch total sympathisch ausgesehen; ein bisschen zu ernst und erwachsen vielleicht, aber beileibe nicht wie ein gefährlicher Irrer . . .

»Okay«, sagte sie schließlich, nachdem Jonas am anderen Ende der Leitung beharrlich schwieg, »ich kann ja mal mit Fabian drüber reden, was wir da machen können . . .«

Nein, ich werd den Teufel tun! Ich werd noch mal direkt mit Lennart Peters reden! Aber das muss ich dir jetzt wirklich nicht auf die Nase binden!

Jonas gab einen abschätzigen Schnalzlaut von sich.

»Tz! Mit Psychopathen wie dem Peters kann auch euer lieber Fabian keine Deals machen. Aber bitte: Tu, was du nicht lassen kannst!«

Dann legte er auf, bevor Pia auch nur den Hauch einer Chance hatte, auf ihre ganz privaten Schwierigkeiten einzugehen.

Während sie noch hin und her überlegte, ob es vielleicht besser wäre, Fabian Schmücke in ihr Vorhaben einzuweihen, wechselte Jonas, allein in seinem Zimmer, auf die Videofunktion seines iPhones. Der Film zeigte eine kleine schwarz-weiße Hündin, die in einem halb leeren Swimmingpool verzweifelt um ihr Leben kämpfte.

»Was heißt denn Psychopath? Und Schizo?«, fragte Nele aufgebracht. Die beiden Schwestern hatten sich in der Mädler-Passage getroffen. Die Zeit zwischen zwei Jura-Vorlesungen reichte gerade für einen Kaffee und ein Stück hausgebackenen Apfelkuchen in der *Mephisto-Bar*.

Pias Plan, für Jonas in die Bresche zu springen, fand bei Nele erwartungsgemäß kein sonderlich positives Echo.

»Erstens sollte man nicht blindwütig mit solchen Begriffen wie Psycho oder Schizo um sich schmeißen und zweitens . . .«, Nele schnappte empört nach Luft, ». . . und zweitens frag ich mich, wieso dein Angebeteter seinen Mist nicht alleine regeln kann! Ist doch nicht *deine* Sache, wie der mit der Strafaktion, die ihr ihm aufgebrummt habt, klarkommt.«

»Das war doch nicht als Strafaktion gedacht! Das sollte doch nur so 'ne Art Wiedergutmachung sein! Und wenn Jonas da jetzt nicht mehr hingeht, wird er verknackt. Für etwas, das er so, wie's dann abgelaufen ist, überhaupt nicht wollte.«

»Nicht dein Problem.«

»Ach? Und wenn dein Christian in der gleichen Situation wäre?«

»Erstens ist das nicht *mein* Christian, sondern lediglich der gleichberechtigte Teil einer im Einzelnen noch zu regelnden künftigen ehelichen Gemeinschaft . . .«

»Pfff . . .«

». . . und zweitens würde er weder fremde Autos kaputt machen noch Kollegen anfahren, noch hilflose kleine Hunde ertränken.«

»Aber Jonas hat das doch alles nicht getan!«

»Zumindest in Punkt A ist er schuldig.«

Missmutig rührte Pia in ihrer halb leeren Kaffeetasse.

»Und du glaubst, das hilft mir jetzt weiter, ja?«

»Willst du meine Meinung hören oder soll ich Köpfchen kraulen?«

»Köpfchen kraulen.«

Als Nele allen Ernstes den Arm hob, schob Pia ihn lachend weg. »Aber nicht in der Öffentlichkeit!«

Das Deckenfresko des Cafés zierte ein freundlich grinsender Mephisto, neben dem eine schöne junge Frau mit lang wallenden roten Haaren zur Walpurgisnacht flog. Pia stellte fest, dass die Hexe – bis auf die Fledermausflügel – eine gewisse Ähnlichkeit mit ihrer Schwester hatte.

»Danke, Nele«, sagte Pia und drückte ihrer Schwester einen Kuss auf die Wange. »Ich weiß jetzt genau, was ich zu tun habe.«

Wie immer einfach das Gegenteil von dem, was du tun würdest!

Als Erstes rief sie Katja, Laura, Patrick, Marlon und zum Schluss Fabian Schmücke an und holte sich die notwendige Rückendeckung.

Dann stieg sie in die S-Bahn in Richtung Knauthain.

Diesmal war auf dem Petershof bedeutend mehr los. Schon vom Bus aus hatte Pia eine Kindergruppe entdeckt, die unter Tamara Peters' Führung den parallel zur Straße laufenden Reitweg entlanggaloppierte.

Als sie ankam, stiegen die Kinder gerade lachend und aufgekratzt von ihren Pferden, und Lennarts Mutter begrüßte ein junges Pärchen, das an einem Sportwagen lehnte.

»Na, wie geht es unserer Finesse?«

»Bestens!«, versicherte Tamara Peters und öffnete die Tür zu den Mietboxen. »Unser Sohn geht jeden Tag einmal mit ihr ins Gelände.«

Vor der Remise schirrte Bernhard Peters zwei Schimmel vor eine myrtenbekränzte Hochzeitskutsche. Der Kutscher trug einen altertümlichen Gehrock und bürstete akribisch seinen Zylinder auf.

»Herr Peters?«

»Ja?«, antwortete es zweistimmig. Als die beiden Männer ihr das Gesicht zuwandten, war die Familienähnlichkeit nicht zu übersehen.

Offenbar Brüder. Der Ältere muss Lennarts Vater sein.

Bernhard Peters sah aus der Nähe betrachtet durchaus nicht unsympathisch aus. Sein grau gesprenkelter Bart und seine dichten braunen Haare hätten gut und gern mal einen Formschnitt vertragen, aber alles in allem wirkte er durchaus nicht so zynisch oder kaltherzig, wie Pia ihn bei ihrer ersten Begegnung eingeschätzt hatte.

»Pia Canisius. Ich würde gern mit Ihrem Sohn sprechen.«

Die beiden Männer starrten Pia verblüfft an.

Der jüngere der beiden musterte sie skeptisch von oben bis unten und Lennarts Vater fragte ungläubig: »Tatsächlich?«

Pia nickte.

Was daran so exotisch sein soll, ist mir ein Rätsel.

»Na dann . . .« Er deutete auf den Anbau. »Außen an der Garage geht 'ne Treppe hoch. Aber nicht wundern, wenn er nicht aufmacht.«

Der jüngere Peters-Bruder lachte.

Wie sich herausstellte, war Bernhard Peters' Warnung unbegründet: Offenbar hatte Lennart Pia über den Hof kommen sehen. Durch die bereits geöffnete Tür konnte sie beobachten, wie er hektisch ein paar Gegenstände vom Boden aufsammelte und in einem der Einbauschränke verschwinden ließ.

Als sie eintrat, fuhr er sich nervös mit beiden Händen durch die Haare und zupfte sein Polohemd zurecht.

»Sorry, aber auf Damenbesuch bin ich nicht eingerichtet«, sagte er statt einer Begrüßung. Dann wischte er eine Ausgabe von *National Geographic* von der Armlehne seines Ohrensessels. »Hier. Bitte setz dich doch.«

»Danke. Ich will dich auch nicht lange aufhalten, aber . . .«

»Ich glaube, wir beide hatten das letzte Mal einen ausgesprochen miesen Start. Also: Ich heiße Lennart.«

»Pia«, sagte Pia.

Lennart Peters' geschliffene Umgangsformen und seine offensichtliche Freude, sie wiederzusehen, brachten sie völlig aus dem Konzept.

»Tee oder Kaffee?«

»Gar nichts. Ich . . .«

»Fliederbeersekt vielleicht?«

»Ähm . . .«

»Keine Angst, das heißt nur so! Ist selbst gemacht. Aus Holunderblüten. Garantiert alkoholfrei.«

Er nahm eine Flasche aus dem Kühlschrank und füllte zwei Gläser.

Pia gab sich geschlagen, nickte und schwieg.

Die Hofgeräusche drangen nur gedämpft in Lennart Peters' Zimmer herauf und in der plötzlichen Stille hörte Pia ein deutliches Brummen. Sie schaute sich um. Das klang nicht nach Wespe, Hummel oder Biene, das klang nach dicker, fetter Schmeißfliege.

»Pscht!« Lennart legte beschwörend den Finger auf den Mund.

Er stand, die beiden Gläser in den Händen, bewegungslos mitten im Zimmer und verfolgte die Flugbahn des Insekts lediglich mit den Augen.

Das Vieh kurvte mehrfach um die Deckenlampe herum, machte Zwischenstation auf der Computertastatur und steuerte dann im Zickzackflug die Fensterbank an.

Erst jetzt fiel Pia der erdige Geruch auf, der von dort ausging.

Ein bisschen wie im Gewächshaus.

So ähnlich sah es dort auch aus: Töpfe, Pflanzgefäße und zwei Glasbehälter von der Größe eines Aquariums. Darin futuristisch wirkendes Grünzeug, das Pia spontan an Filme wie *Alien* erinnerte: lange rötliche Trichter, haarige Spiralen und muschelförmig aufgeklappte Ausleger, eingefasst von gefährlichen kleinen Stacheln. Ob es sich dabei um Blüten oder Blätter handelte, war nicht auszumachen.

Trotzdem wusste Pia, was jetzt kam:

Fliege schnuppert Nektar, Fliege landet auf gezahnter Falle, Pflanze klappt die Klappe zu, Fliege zappelt, kann nicht raus, schlimmes Ende für Fliege, Pflanze verdaut.

»Bravo, Kleines!« Lennart machte, als sich dort nichts mehr bewegte, eine anerkennende kleine Verbeugung in Richtung Blumenfenster.

Dann stellte er die Getränke auf einem wackligen kleinen Beistelltischchen ab, zog seinen Schreibtischstuhl heran und setzte sich Pia gegenüber. »Weißt du, die meisten Leute denken, man muss Karnivoren füttern. Dem ist aber ganz und gar nicht so. Was die sich gelegentlich selber fangen, reicht vollkommen.«

»Aha . . .?«

Pias Gesicht musste deutlich ihre völlige Ahnungslosigkeit in Sachen fleischfressende Pflanzen und deren optimale Ernährung spiegeln.

Lennart lachte. »Okay, ich halt schon den Mund! Ich vergess immer wieder, dass Bio nicht unbedingt zu den verbreitetsten Lieblingsfächern zählt. Und Botanik erst recht nicht. Prost!«

Er hob auffordernd sein Glas.

Der Fliederbeersekt schmeckte herrlich erfrischend. Pia musste sich regelrecht zügeln, das Glas nicht in einem Zug leer zu trinken.

»Lecker«, sagte Pia.

Lennart Peters lachte. »Na, sag ich doch! Danke!« Er stützte die Ellenbogen auf die Knie, legte den Kopf auf seine gefalteten Hände und schaute Pia erwartungsvoll an. »Und?«

»Und was?«

»Na, worum geht's?«

Die Luft flirrte in den hereinfallenden Sonnenstrahlen, es war sommerlich warm und das Zimmer strömte trotz all der wehrhaften Pflanzen eine so anheimelnde Gemütlichkeit aus, dass Pia beinahe vergessen hatte, weshalb sie hergekommen war. Sie rückte ihre Riesenbrille zurecht und widerstand dem Drang, sich einfach in den weichen braunen Ledersessel sinken zu lassen und mit Lennart Peters über Gott und die Welt zu plaudern.

Wenn du dich jetzt auch noch räusperst, Pia Canisius, dann machst du dich glatt zur Witzfigur!

Sie straffte sich und gab sich alle Mühe, trotz Frosch im Hals einen kühl-professionellen Ton anzuschlagen.

»Ich hab heute Nachmittag bei allen Mitgliedern des Teen-Courts angerufen, und wir möchten gern die Sache mit Jonas Romeikes Arbeit hier auf dem Hof so regeln, dass da in Zukunft nichts mehr schiefgeht.«

»Na, an mir soll's nicht liegen!« Lennart Peters hob abwehrend die Hände. »Hab ich irgendwas gesagt oder getan?«

»Du hast ihn doch quasi rausgeschmissen!«

»Was? Wer sagt das?« Lennart Peters sprang auf. »Das ist doch absurd! Ich hab mich um nichts anderes gekümmert als um Nagual! Um sie vielleicht in letzter Sekunde doch noch zu retten! Und als die Tierärztin kam, war Jonas schon nicht mehr da. Das Flatterkleidchen übrigens auch nicht.«

»Was denn für 'n Flatterkleidchen?«

»Rebecca Matzeck, Matzureck, Makatscheck . . .«

»Matussek?!«

Einen Moment lang hoffte Pia, sich verhört zu haben.

»Genau!« Lennart schüttelte den Kopf. »Tz! Kommt hier angetanzt wie die Elbenkönigin aus *Herr der Ringe* und ist sich dann auch noch zu fein, geborgte Sachen anzuziehen!«

Als er sah, dass sich Pias Gesichtsausdruck schlagartig verändert hatte, hielt er erschrocken inne. »Oje . . . Kennst du die etwa irgendwoher?«

Pia nickte.

»Du liebe Güte! Hab ich was Falsches gesagt? Ist das etwa 'ne Freundin von dir?«

»Nein!« Endlich fand Pia ihre Sprache wieder. »Ganz bestimmt nicht!«

Lennart atmete erleichtert aus. »Na Gott sei Dank! Es hat in dieser ganzen Sache schon genug Ärger gegeben, da muss nicht auch noch so 'ne überdrehte Teenie-Queen dazwischenfunken.«

Und ob die dazwischenfunkt! Jedenfalls hat sie's versucht! Aber das werd ich schon selbst mit ihr klären!

Pia verschob ihre innere Abrechnung mit Rebecca auf

später und besann sich auf das Mandat, das Fabian und die anderen ihr mehr oder weniger offiziell erteilt hatten.

»Lennart . . .« Sie gab sich alle Mühe, trotz der alarmierenden Neuigkeiten einen kühlen Kopf zu bewahren. »Wie gesagt: Ich hab noch mal mit allen Beteiligten gesprochen. Das Teen-Court-Urteil ist durchaus rechtsgültig, das heißt: Wenn Jonas an den nächsten drei Wochenenden nicht bei euch aufkreuzt, muss er vor Gericht.«

Lennart zuckte die Achseln. »Das ist doch einzig und allein *seine* Sache.«

»Nein, ist es nicht!« Pia sprang auf. Sie hatte sich geschworen, nicht die Beherrschung zu verlieren, aber dieser seltsame Mensch machte sie wahnsinnig! Offenbar war er durch nichts aus der Ruhe zu bringen!

»Lennart, wenn du ganz einfach dafür sorgen würdest, dass ihr euch an den nächsten drei Wochenenden nicht über den Weg lauft, wär das eine große Hilfe, okay?!«, fauchte sie.

Lennart Peters legte den Kopf in den Nacken, schloss die Augen und schwieg.

»Dir zuliebe«, sagte er nach einer Weile. »Ich mach das ausschließlich dir zuliebe, okay?« Er stand ebenfalls auf. »Du liebst diesen Jonas, oder?«

Die Frage durchfuhr Pia wie ein Blitz, vom Kopf bis in die Fußsohlen.

Was, um Himmels willen, soll ich darauf sagen?

Lennart Peters stand vor ihr und schaute fragend auf sie herab.

Er ist mindestens anderthalb Köpfe größer als ich . . .

»Ich fürchte . . .« Pia zwang sich dazu, auf keinen Fall die Fassung zu verlieren. »Ich fürchte, das geht dich nichts an«, sagte sie kühl. »Und außerdem tut es nichts zur Sache.«

»Richtig.« Lennart Peters ging sofort wieder auf Distanz. »Tut mir leid. Ich werd mich selbstverständlich auch weiterhin darum bemühen, dass Jonas Romeike sich hier bei uns . . . willkommen fühlt.«

Als Pia in den Bus stieg, beschlich sie das ungute Gefühl, alles falsch gemacht zu haben.

Ich hab mich von A bis Z unmöglich benommen! Schließlich ist Lennart das Opfer und nicht der Täter! Zumindest, was die Sache auf dem Schulhof angeht. Und alles andere . . .

Am Bahnhof angekommen, fuhr ihr die S-Bahn vor der Nase weg. Einen Moment lang war sie versucht, auf dem Petershof anzurufen, aber als ihr beim besten Willen nichts einfallen wollte, womit sie den unterkühlten Abschied hätte wiedergutmachen können, steckte sie ihr Handy wieder ein.

6

Piiiaaa!«

Als Therese Matussek die Haustür öffnete, kam es Pia vor, als sei sie noch aufgekratzter als sonst. »Achherrje! Jetzt schon?«, sagte sie mit gespieltem Erschrecken und legte – das ganze theatralisch untermalend – die Hand auf die Herzgegend. »Das tut mir ja soooo leid!«

»Was tut Ihnen leid?«

»Na ja, ist ja nicht so schlimm, oder? Sie sind einfach ein paar Minuten zu früh . . .«

Zu früh?

Pia hatte den üblichen Bus genommen.

Was soll denn das nun wieder? Ich bin pünktlich! Wie immer!

»Frau Matussek, es ist nicht meine Schuld, dass Rebecca sich grundsätzlich nicht darum kümmert, dass die Stunden zur vereinbarten Zeit anfangen!«

Die ungewohnte Schärfe in ihrem Ton konnte Therese Matussek nicht entgangen sein, aber sie tat einfach so, als habe sie nichts gehört: Sie schwebte in den Garten und bedeutete Pia, sich zu ihr zu setzen. »Becky braucht noch ein paar Minuten.«

Aus unerfindlichen Gründen schien sie das niedlich zu finden, denn sie kicherte wie ein Teenager. »Kann man ja verstehen.«

Pia rührte den Kaffee, den Therese Matussek ihr einschenkte, nicht an.

Perfekt, Pia! Genau jetzt ist der richtige Moment, die ganze Sache hier ein für alle Mal zu beenden!

»Frau Matussek, es tut mir leid, aber: Ich fürchte, das ist heute die letzte Nachhilfestunde, die ich Ihrer Tochter geben kann . . .«

Weiter kam sie nicht.

Rebecca erschien in der Tür zum Garten, mit zerzausten Haaren und geröteten Wangen, lediglich ein dünnes Sleepshirt am ansonsten offensichtlich nackten Körper.

»Ich komm gleich!«, rief sie, »muss nur noch schnell Wiedersehen sagen!«

Hinter ihr erschien eine zweite Gestalt.

Rebecca lachte glucksend, zog den jungen Mann zu sich heran und versank mit ihm augenblicklich in einem innigen Kuss.

»Hallo, Pia«, sagte Jonas, als er wieder zu Atem kam. Dann winkte er Therese Matussek zum Abschied zu und verschwand. »Tschüss, Frau Matussek!«

»Bis nachher!«, flötete Pias Mutter, »und komm nicht so spät, Jonas! Ich hab für heut' Abend Lammkoteletts eingekauft!«

Der Rest ging in diffusem Rauschen unter. Als das Rauschen nachließ, hatte sich Rebeccas Mutter besorgt über sie gebeugt, und Pia wurde klar, dass es sich bei dem alles überlagernden Geräusch um das Pulsieren ihres eigenes Blutes gehandelt hatte.

»Ist Ihnen nicht gut?«

»Doch, doch, geht schon wieder . . .«

Gar nichts geht. Irgendwie . . . geht gar nichts . . .

Sie hatte sich stundenlang die Strafpredigt zusammenfantasiert, die sie Rebecca wegen ihrer Hinterherschnüffelei halten wollte. Und sie hatte ihr klipp und klar sagen wollen, dass jeder Versuch, ihr den Freund auszuspannen, sinnlos war, weil Jonas mit Sicherheit nicht auf eitle, überdrehte und gnadenlos oberflächliche Perlenkinder mit irisierender Aura stand.

So kann man sich täuschen.

Bevor Pia weiter darüber nachdenken konnte, kam Rebecca in den Garten getanzt, in Shorts und Bikinioberteil, die Haare immer noch zerzaust, übers ganze Gesicht strahlend. »Hallo, Pia!«

»Beckylein, schau mal! Pia ist ganz plötzlich schlecht geworden! Ich mach ihr 'n Melissentee. Das hilft bestimmt«, wisperte Therese Matussek übertrieben besorgt und entschwebte in Richtung Küche.

Statt ihrer setzte sich Rebecca neben Pia auf die Bank. »Oje«, sagte sie, »was ist denn mit *dir* los? Sonnenstich? Oder hat dich was gepikt? 'ne Biene oder so?«

Als Pia nicht antwortete, riss sie erschrocken die Augen auf und schlug sich die Hand vor den Mund. »Ach du liiiebe Güte! Du . . . du bist doch nicht etwa . . .« Sie geriet ins Stottern. »Du bist doch nicht etwa eifersüchtig oder so was?«

Als Pia nicht reagierte, legte sie ihr den Arm um die

Schultern. »Mensch, Pia, das tut mir leid. Ich mein', du hast doch selber gesagt, dass zwischen Jonas und dir nichts läuft . . .«

Ja. Das hab ich gesagt. Und ich könnt' mich dafür ohrfeigen! Aber mit ein bisschen Einfühlungsvermögen hätte sogar dir klar sein müssen, dass das nur so dahergesagt war!

Pia überlegte fieberhaft, wie sie Rebecca, ihrer durchgeknallten Mutter und dem gruseligen Eiapopeia, das die beiden mit ihr veranstalteten, entfliehen konnte.

»Sorry, aber: Ich glaub, ich hab was Falsches gegessen . . .«

Klingt alles andere als überzeugend. Aber egal. Hauptsache raus hier.

»Pia, warte! Wir können doch über alles reden«, rief Rebecca ihr hinterher, aber Pia war bereits durch den Vorgarten davongerannt, die Stichstraße mit ihren mageren Hecken und hässlichen Häusern entlang bis zur Hauptstraße.

Dort stand Jonas. An der Bushaltestelle. Er hatte sein Mofa dabei.

Mist! Anscheinend wartet er auf mich, um mit mir zu reden.

Es war zu spät, sich zu verstecken: Er hatte sie kommen sehen und die Gärten mit ihrem mickrigen Bewuchs hätten ohnehin keinen Schutz geboten.

»Hey, Pia. Sorry, dass du's quasi mit der Holzhammermethode erfährst. Ich hätt' dich heute oder morgen bestimmt angerufen.«

Ach? Tatsächlich?

»Wozu? Um Schluss zu machen?«

»Quasi. Ja. Obwohl . . . Eigentlich hatte es mit uns ja auch noch gar nicht richtig angefangen.«

Ansichtssache. Mit Rebecca muss es jedenfalls »quasi« über Nacht angefangen haben!

Sie schwieg.

»Weißt du, Pia: Becky ist einfach . . . total locker drauf. Und sie glaubt und vertraut mir. Im Unterschied zu dir.«

»*Was* glaubt sie dir?«

Jonas zuckte die Achseln und blieb ihr die Antwort schuldig.

Bis der Bus kam, redeten sie kein Wort mehr miteinander.

»Hey, wir können doch trotzdem Freunde bleiben, oder?«, rief Jonas Pia hinterher, kurz bevor sich die Bustür hinter ihr schloss.

Wir sind nie Freunde gewesen, Jonas. Freunde hintergehen einander nicht.

Sie verzog sich in die letzte Sitzreihe und lehnte den Kopf an die Scheibe. Aber Tränen wollten sich einfach nicht einstellen.

Zu Hause angekommen, rief sie als Erstes Fabian Schmücke an. »Fabian, ganz kurz: Ich war gleich nach der Schule auf dem Petershof. Alles okay. Lennart Peters hat versprochen, Jonas ab jetzt in Ruhe zu lassen. Ich wär froh, wenn du Jonas das ausrichten würdest.«

»Toll, danke, Pia. Aber sag mal . . .«

Pia verzog genervt das Gesicht. Sie hasste es, länger

als unbedingt notwendig zu telefonieren. Und in ihrer jetzigen Verfassung hatte sie erst recht keine Lust dazu.

»Ja?«

». . . wieso sagst du das Jonas nicht selbst? Ich bin davon ausgegangen, dass ihr . . . na ja: Ich dachte, ihr habt was miteinander.«

Ja. Noch vor einer knappen Stunde wär ich auch davon ausgegangen.

»Nein«, antwortete Pia.

»Ach? Wieso hast du denn überhaupt Kontakt mit dem Typen aufgenommen?«

Er mit mir. Nicht ich mit ihm.

Sie war sich mittlerweile sicher, dass Jonas ihr damals absichtlich zum Bretschneider-Park gefolgt war.

»Hab ich doch gar nicht. Er ist der Lover von meiner Nachhilfeschülerin. Weiter nichts.«

»Aha . . .?«

»Ehemaligen Nachhilfeschülerin«, setzte sie hinzu.

»Na dann: danke, dass du dich in der Sache so toll kümmerst. Wie ich erfahren hab, ist er nämlich schon wieder auffällig geworden.«

»Wer? Lennart Peters?«

»Jonas. Geht wohl um einen geklauten Personalausweis.«

»Ach so. Na, so was ist ja wohl keine große Sache.«

»Doch. Wenn man damit Schindluder treibt und andere mit reinreißt.«

Pia holte tief Luft. »Weißt du was, Fabian? Ich will das alles gar nicht wissen. Uns kann's doch nur darum gehen, dass diese ganze unglückliche Geschichte auf dem

Petershof für alle Beteiligten möglichst reibungslos vonstatten geht, oder? Also, bitte ruf Jonas Romeike an und sag ihm, dass er sich in Zukunft keine Sorgen mehr zu machen braucht, wenn er da aufkreuzt.«

Fabian lachte.

»Was ist denn daran so komisch?«

»Ich wette, du wirst *doch* eines Tages Rechtsanwältin! Wenn man dich manchmal so reden hört . . .«

»Die Wette verlierst du, Fabi. Ciao!«

»Tschüssi. Und: danke!«

Pia war froh, dass ihre Eltern bei einem Arbeitsessen im *Falco* waren: Das zog sich in der Regel bis weit nach Mitternacht hin. Sie schnappte sich die Tüte Chips, die von ihrer letzten Geburtstagsparty übrig geblieben war, und inspizierte das DVD- Regal.

Schluss mit Nachdenken! Beine hoch und einen von Mamas schönen, alten Heulfilmen gucken! Titanic *oder* Stolz und Vorurteil!

Sie entschied sich für »Titanic-zum-gefühlt-zwölften-Mal«, schlüpfte in ihren Pyjama und kuschelte sich in den Fernsehsessel ihres Vaters. Schon beim ersten Anblick des wunderschönen, zum Untergang geweihten Schiffs flossen bei Pia die Tränen, und noch bevor DiCaprio und Winslet ihre furiose irische Tanzeinlage beendet hatten, war sie eingeschlafen.

Am nächsten Morgen fand sie unter den üblichen Facebook-Benachrichtigungen eine E-Mail von Therese Matussek, gesendet über den Account ihrer Tochter:

»Meine liebe Pia,

es tut mir ja so leid, was heute geschehen ist! Jetzt bist du bestimmt böse auf Becky, aber sie hat dir wirklich nicht wehtun wollen. Sie konnte doch nicht wissen, dass du dich in Jonas verliebt hast!

Weißt du, als er in der Tür stand, hab ich es gleich gesehen: Auch Jonas ist ein Perlen-Kind! Und Becky hat es natürlich sofort gespürt: Perlen-Kinder erkennen einander! Und sie gehören zusammen! Sie werden die Welt mit ihrer kosmischen Weisheit in eine neue Dimension von Frieden und innerer Freiheit führen. Frieden, Freiheit und Liebe! Vor allem Liebe! Wünschen wir uns das nicht alle, Pia? Und wer sind wir denn, dass wir denen, die uns diese Geschenke bringen, im Wege stehen könnten?

Ich wünsche mir sehr, dass du die innere Größe aufbringst, um trotz des Verlustes, den du jetzt vielleicht empfinden magst, die Freundschaft mit Becky fortzuführen.

Mit herzlicher Umarmung, Therese M.«

Darunter hockte ein animierter Clipart-Glitzerengel auf einer Wolke und winkte.

Pia war froh, noch nicht gefrühstückt zu haben. »Da kommt einem echt der Kaffee hoch«, murmelte sie und betätigte die Löschtaste.

Dann tippte sie den Text für einen Flyer in ihren Computer:

»Latein-Nachhilfe von Oberstufen-Schülerin. 9 €/Std.«

Nach kurzer Überlegung korrigierte sie das Ganze auf

10 €, fügte ein Foto des berühmten pompejanischen Sappho-Bildes als Eyecatcher hinzu, stibitzte, während der Drucker ratterte, eine sündhaft teure, angeblich irrsinnig stressreduzierende Badetablette aus dem Vorrat ihrer Mutter und ließ sich genüsslich in das sprudelnd heiße Wasser sinken.

Jonas, Lennart, Mutter Therese und ihre Super-Becky: Thema erledigt. Alles bestens.

Am Mittwoch meldete sich ein schüchterner kleiner Junge mit osteuropäischem Akzent: ». . . und jetzt muss ich für mein deutsche Schule zwei Jahre nachholen.«

»Das schaffen wir schon«, versicherte Pia, »und bei so viel Arbeit mach ich dir ’nen Sonderpreis.«

Er kam gleich am nächsten Tag, deklinierte bereits fehlerfrei »rusticus«, »ancilla«, »aevum« und »aeternitas« und machte nicht die geringsten Anstalten, sich in Pias Privatleben einzumischen.

7

Der Anruf erreichte Pia im Operncafé, eine Dreiviertelstunde vor Beginn der Vorstellung. Sie wartete, zwei Freikarten für die »Cavalleria« in der Hand, auf Nele und Christian, als ihr Handy klingelte.

»Du, Pia, Fabian hier . . .«

Als ihre Schwester und ihr Schwager-in-spe ein paar Minuten später angehetzt kamen, saß Pia mit hängenden Schultern an der Bar. Sie wirkte nervös und abwesend.

»Lampenfieber?«, fragte Christian amüsiert.

»Quatsch! Ich werd ja wohl noch 'n Korb mit Plastikweintrauben über die Bühne tragen können.«

»Vorher vielleicht 'n Gläschen Schampus?«

»Nee, danke«, Pia rutschte vom Barhocker und griff nach ihrem Rucksack. »Ich geh dann mal in die Maske.«

Nele hielt sie am Ärmel fest. »Hey, was'n los?«, wisperte sie besorgt, »was mit deinem Lover?«

»Hat sich ausgelovert«, antwortete Pia kurz angebunden und hob abwehrend die Hände, als Christian und Nele sie zu einem Mitternachtsdinner im Anschluss an die Vorstellung einladen wollten. »Danke, aber ich muss morgen früh raus.«

»Morgen ist Sonntag, da steht kein Mensch früh auf«, stellte Nele lakonisch fest, »jedenfalls nicht freiwillig.«

»Ist auch nicht freiwillig«, gab Pia ebenso lakonisch zurück.

Und gelogen ist es außerdem. Aber ich will jetzt einfach in Ruhe nachdenken!

»Vielleicht kannst du ja zwischen den beiden vermitteln, Pia. Oder du gehst morgen einfach mal nach dem Rechten schauen«, hatte Fabian am Telefon gesagt. »Jonas ist heute nämlich schon wieder einfach abgehauen. Er sagt zwar, dass Lennart ihn regelrecht weggejagt hat, aber Lennart Peters behauptet steif und fest, dass er Jonas überhaupt nicht zu Gesicht bekommen hat. Jedenfalls sind die Peters so nett und werden das nicht melden, wenn Jonas morgen Vormittag wie verabredet vorbeikommt.«

»Und was hab *ich* damit zu tun?«

»Du kannst doch gut mit diesem Lennart . . .«

Das wär geprahlt!

». . . und mit Jonas.«

Das wär gelogen.

». . . und dir liegt das Ganze doch auch am Herzen.«

Im Gegenteil!

Es war Pia in jeder Hinsicht schnurzpiepegal, ob Jonas seine Teen-Court-Auflagen zu erfüllen gedachte oder den Sonntag lieber im Bett mit der kosmisch erleuchteten Becky verbrachte, während deren bescheuerte Mutter im Namen der Evolution ekstatische Fruchtbarkeitstänze aufführte!

Aber das konnte sie Fabian unmöglich auf die Nase

binden. »Fabian, ich bin nicht Jonas Romeikes Babysitter, okay? Der muss selbst sehen, wie er klarkommt.«

»Aha.« Fabian war sichtlich enttäuscht. »Ach, übrigens«, sagte er, bevor er auflegte, »Lennart Peters hat mich nach deiner Adresse gefragt. Er hat irgendwas gefunden. Im Pool oder so. Keine Ahnung, um was es geht. Er wollte auch nicht näher drauf eingehen.«

»Aber . . .«

»Keine Panik! Ich hab ihm weder deine Adresse noch deine Telefonnummer noch sonst was gegeben. Wenn du da morgen nicht selbst hingehen magst, kann er dir ja 'n Brief schreiben. Per Adresse Jugendhaus.«

Während Daniel sie mit sizilianischer Sonnenbräune überzog, ging Pia das Telefonat wieder und wieder in Gedanken durch.

Typisch Fabi. Korrekt wie immer: »Keine direkten Kontaktdaten weitergeben!« Und ich darf jetzt stundenlang nachgrübeln, worum es geht! »Er hat was im Pool gefunden oder so.« Nicht gerade aussagekräftig.

Die Eifersuchtsdramen auf der Bühne verschafften Pia zumindest vorübergehend ein wenig Ablenkung. Nicht, dass sie das im Leben wünschenswert gefunden hätte – gesangsuntermalt schon gar nicht -, aber als zur Strafe für fortgesetzte Untreue zweimal kräftig Kunstblut auf den Bühnenboden tropfte, konnte Pia sich einer gewissen Genugtuung nicht erwehren.

Am nächsten Morgen fasste sie einen Entschluss: Offenbar wollte Lennart Peters ihr irgendwas Wichtiges mitteilen, und ob Jonas das nun mitkriegen würde oder nicht, konnte ihr völlig egal sein!

Von mir aus kann er anschließend bei Beckylein und ihrer Mutti nach Kräften über mich herziehen!

Ihre Eltern legten keinerlei Protest ein, als sie gleich nach dem Mittagessen das Haus verließ. Die beiden waren schon seit dem Frühstück in flirtiger Stimmung und freuten sich ganz offensichtlich auf den familienfreien Nachmittag.

In der S-Bahn tummelten sich jede Menge Ausflügler und Wochenendtouristen, und Pia war froh, als sie in den Bus umsteigen konnte. Sie ergatterte einen Fensterplatz.

Es war beinahe schon hochsommerlich warm und Pia verkroch sich in die Lautkulisse ihres iPod und döste mit geschlossenen Augen vor sich hin. *Love Is A Losing Game.*

Schönes Lied, verdammt traurige Geschichte. Kann ich jetzt echt nicht brauchen. Sorry, Amy.

Sie klickte von Amy Winehouse auf Zaz. *Je veux.*

Genau! Ich will! Ich will wissen, was Lennart gefunden oder rausgefunden hat! Und ob ich dabei Jonas begegne oder nicht, ist mir egal . . .

Sie wippte im Rhythmus von Zaz' Zweimannband mit der Fußspitze.

. . . na jaaa: fast egal.

Das Schrillen eines Martinshorns riss sie abrupt aus ihren Gedanken: Ein Unfallwagen überholte den Bus, stellte mitten im Überholvorgang die Sirene an und raste mit Blaulicht die Straße hinunter.

»Idioten! Weit und breit niemand zu sehen!«, brabbelte ein angetrunkener älterer Mann. Er saß auf der anderen Seite des Ganges und der plötzliche Heulton hatte ihn äußerst unsanft aus dem Schlaf geschreckt.

Hinter einer Anhöhe bog der Unfallwagen in einen Forstweg ein. Unmittelbar danach wurde der Bus von einem zweiten Fahrzeug überholt. Als auch der Polizeiwagen in den Forstweg einbog, verließen sämtliche Passagiere ihre Plätze und versuchten, vom fahrenden Bus aus einen Blick auf den Unfallort zu erhaschen.

Pia merkte, wie ihr Herz begann, schneller zu schlagen: Gleich neben der Fahrbahn verlief der Reitweg, parallel zur Straße.

Das ist kein Autounfall. Da muss was auf dem Waldweg passiert sein . . .

Dann sah sie es: Ein schwarzes Pferd lag auf der Sandbahn, machte verzweifelte Versuche, sich aufzurichten, und brach wieder und wieder zusammen.

Ein paar Meter weiter lag Lennart Peters am Boden. Bewegungslos. Das Türkis seines Polohemdes leuchtete durch das Spalier der Kiefernstämme. Neben ihm kniete ein kleiner Junge und telefonierte auf seinem Handy.

»Anhalten!!! Bitte!!! Lassen Sie mich raus!!!«, hörte Pia sich schreien, aber der Mann hinterm Steuer fuhr weiter, ohne sich auch nur im Geringsten darum zu kümmern.

An der Haltestelle stolperte Pia aus der Bustür und rannte, rannte, rannte.

Als sie am Unfallort ankam, war der Notarzt gerade dabei, eine Kanüle zu legen.

Lennart Peters lag mit offenen Augen da; immer noch bewegungslos. Seltsamerweise war eine Pupille deutlich größer als die andere.

Es war nicht zu erkennen, ob er noch atmete.

Ein paar Meter weiter stand eine Kindergruppe am Rand des Sandwegs. Einige weinten.

Das verletzte Pferd gab röchelnde Schmerzenslaute von sich. Der untere Teil eines Vorderlaufs stand fast im rechten Winkel ab; das Bein war zwischen Fesselkopf und Wurzelgelenk gebrochen. Der andere Lauf blutete.

Während die Sanitäter Lennart vorsichtig auf eine Bahre hoben, forderte eine Polizeibeamtin über Funk Verstärkung an.

Aus der Ferne hörte man das Geräusch eines heran-nahenden Rettungshubschraubers.

8

Verdacht auf mittelschweres bis schweres Schädel-Hirn-Trauma mit, mit . . .« Lennarts Mutter schaute Hilfe suchend zu ihrem Mann.

». . . mit intrakranieller Blutung«, las Bernhard Peters von einem Computerausdruck ab.

Pia hatte die beiden sofort wiedererkannt. Sie saßen auf einer der Raucherbänke vor dem Eingang der Neurochirurgie: Tamara Peters noch in Reitmontur, ihr Mann in Gummistiefeln und Arbeits-Overall. Offenbar waren sie Hals über Kopf in die Klinik gefahren.

Zunächst hatte Pia sich nicht recht getraut, die beiden anzusprechen.

Vielleicht empfinden sie das ja als Einmischung. Als »Freundin Ihres Sohnes« kann ich mich nun wirklich nicht bezeichnen.

Trotzdem hatte sie es einfach nicht zu Hause ausgehalten:

». . . Sabotage . . .«, hatte einer der Sanitäter gesagt. Und nachdem der Rettungshubschrauber mit Lennart Peters an Bord verschwunden war, hatte irgendwer hinzugefügt: ». . . wenn er's nicht überlebt, ist es Mord . . .«

Kurz darauf war die Kripo angerückt.

Jetzt, vor dem Eingang der Neurochirurgie, kam Pia sich lächerlich vor.

Was hab ich hier zu suchen? Gar nichts!

Doch Bernhard Peters hatte sie ebenfalls wiedererkannt und sprach sie an. »Sie waren doch neulich bei Lennart zu Besuch, oder?«

Seine Frau machte ihre Zigarette aus und wedelte mit der Hand den Rauch weg. »Kommen Sie. Setzen Sie sich doch. Mia, oder?«

»Pia.«

Wie sich herausstellte, waren Lennarts Eltern froh, jemanden zum Reden zu haben: Man hatte ihnen so gut wie nichts gesagt und das stundenlange Warten zerrte an ihren Nerven.

»Die Situation wär unter Kontrolle, haben sie gesagt, und Lennart wär sofort in den OP gekommen. Hier«, Lennarts Vater reichte Pia den Computerausdruck, »das ist alles, was wir wissen.«

Pia überflog die Zeilen; offenbar handelte es sich um eine Art Einlieferungsprotokoll. Sie kramte in ihrem Latein-Vokabelschatz.

Cranium heißt Schädel, also intrakranielle Blutung bedeutet, dass es eine blutende Verletzung innerhalb der Schädeldecke gibt . . .

Tamara Peters zog mit zitternden Händen eine neue Zigarette aus ihrem Päckchen, zündete sie jedoch nicht an. »Typischer Reitunfall, hat mein Schwager gesagt. Als ob das ein Trost wär! Manche sind danach ein Leben lang gelähmt und manche . . .«

Sie sprach es nicht aus und Pia schwieg.

Die Peters haben die Schürfwunde am Hals ihres Sohnes nicht gesehen. Sie haben alles liegen und stehen lassen und sind hierhergefahren. Sie können noch nicht wissen, dass es gar kein Unfall war.

Als die Tierärztin eintraf, um die schwarze Stute von ihren Qualen zu erlösen, war Pia gegangen. Auf dem Weg zurück zur Straße waren ihr eine Frau und zwei Männer in weißen Overalls entgegengekommen.

Spurensicherung. Wie im Fernsehen.

Aber das hier war die Realität.

»Ökoterroristen verüben Mordanschlag!«, titelte der Leipziger Anzeiger in riesigen schwarzen Lettern und die Bildunterschrift eines verwackelten Fotos lautete: »Bernhard und Tamara P. bangen um das Leben ihres einzigen Sohnes«.

Dass Eltern um ihre Kinder bangen, ist ja wohl das Normalste von der Welt, dachte Pia wütend, *egal, ob es das einzige oder das sechste von zehn Kindern ist!*

Sie hatte fast den ganzen Abend mit den Peters verbracht; abwechselnd auf der Raucherbank vor dem Eingang und im Foyer vor der Intensivstation. Geredet hatten sie nicht viel, aber dass die beiden jemanden hatten, der ihnen zuhörte, tat ihnen offenbar gut.

»Unser Lennart ist ein Verrückter . . .«

»Ethnobiologie . . . Wir wussten gar nicht, dass es so was gibt.«

»Ich auch nicht«, gestand Pia freimütig.

Bernhard Peters lächelte. »Ich hab's regelrecht auswendig lernen müssen: Ethnobiologie ist die Wissenschaft der Wechselwirkungen zwischen dem Menschen und biologischen Systemen in Bezug auf seine kulturelle Entwicklung.«

»Aha . . .?« Pia hatte wohl ein reichlich dummes Gesicht gemacht, denn Tamara Peters musste unwillkürlich lachen. »Trösten Sie sich, Pia! Ich versteh's auch nicht!«

Endlich, nach Stunden, war ein Arzt aufgetaucht, um mit den Peters zu reden, und Pia verabschiedete sich hastig.

»Schön, dass Sie da waren«, sagte Lennarts Vater und Tamara Peters nahm sie zum Abschied in den Arm.

Der Fall beschäftigte nachhaltig die Medien.

Es hatte bereits vor ein paar Jahren ähnliche Angriffe gegeben: In mehreren Städten waren Stahlseile über Reitwege gespannt worden, mal in geringer Höhe als Stolperfalle für die Pferde, mal in knapp zwei Metern Höhe, um die Reiter aus dem Sattel zu reißen. Doch damals waren wie durch ein Wunder sämtliche Attacken glimpflich ausgegangen. Was diese Art von Sabotage bewirken sollte, war völlig unklar. Die Polizei ermittelte – wie es in der Presse hieß – »in der radikalen Umweltschützerszene«. Pia leuchtete das in keiner Weise ein.

Warum sollten ausgerechnet die was gegen Reitwege haben? Und wieso sollten ausgerechnet Umweltschützer Tieren etwas antun? Ganz zu schweigen von Menschen?

Der *Leipziger Anzeiger* stellte in eine gänzlich andere Richtung Vermutungen an:

»Splitterbruch! Edel-Stute Finesse musste eingeschläfert werden.«

Natürlich wurde den von Alsfelds nicht direkt unterstellt, dass sie aus dem Tod ihres Tiers Kapital schlagen wollten. Aber die Tatsache, dass ihnen der Verlust eine hübsche runde Versicherungssumme einbringen würde, sorgte auch im Sportteil der Zeitung noch einmal für einen reißerischen Artikel.

»Ein Pferd ist ein Lebewesen und kein Prestigeobjekt«, wurde der Vorsitzende des lokalen Pferdesportvereins zitiert, »und statt auf ein hochpreisiges Fohlen sollten Leute, die keine Ahnung von Pferden haben, lieber an der Börse spekulieren!«

Es folgte ein für Eingeweihte mit Sicherheit höchst beeindruckender Stammbaum: »Attila«, »Fabiola«, »Ebony« und »D'Artagnan«. Namen, die Pia absolut nichts sagten. Offenbar befand sich die hochdekorierte Stute sozusagen »zur Erholung« auf dem Petershof und sollte in allernächster Zeit einem nicht weniger prominenten Hengst zwecks Nachwuchsproduktion zugeführt werden.

Geritten hatten die von Alsfelds sie nie.

Die Frage, was Lennart Peters ihr eigentlich so dringend mitteilen wollte, meldete sich bei Pia erst zwei Tage später wieder.

Nele hatte mit einem selbst gebackenen Cheesecake vor der Tür gestanden und nachdrücklich gefordert, in Sachen Liebesleben ihrer Schwester auf den neusten Stand gesetzt zu werden.

Die Geschichte mit Jonas und Rebecca überraschte

sie nicht im Geringsten. »Ach, die Matussek ist auf dem Perlen-Kinder-Trip! Na, dann wundert mich gar nichts mehr! Diese ganze Wunderkinder-Kacke ist doch nichts weiter als 'n Alibi für narzisstisch gestörte Eltern, ihre Kinder zu glorifizieren, statt sie zu erziehen!«

»Ich weiß nicht . . .« Bei aller Antipathie war Pia nicht bereit, das Ganze einfach abzutun. »Frau Matussek behauptet jedenfalls, sie kann die Aura von Menschen sehen. Und die von Jonas und Rebecca würde irisierend leuchten.«

»Ja, und meine ist blau kariert und fusselt!«

»Mensch, Nele! Kann doch sein, dass manche Menschen mehr sehen als andere und dass es so 'ne Art Farb-Heiligenschein um uns drum rum tatsächlich gibt!«

»Von mir aus! Aber 'ne Hitparade aufzumachen, wer die schickste Aura im ganzen Lande hat, und daraus dann auch noch irgendwelche haarsträubenden Ideologien zu stricken, ist echt das Allerletzte! Und wenn das dann auch noch auf Kinder übertragen wird nach der Devise *Ätsch, mein Sohn hat aber 'ne tollere Aura als deiner!*, dann wird mir schlecht!«

Pia beschloss, das Thema ein für alle Mal zu beenden. »Weißt du was? Im Grunde ist mir das alles total egal! Aura hin, Aura her: Von mir aus sollen Jonas und Rebecca den Weltfrieden retten, fünfzehn perlweiß irisierende Kinder kriegen und Frau Matussek zur Oma der Nation ernennen: Ich hab mit der ganzen Sache nichts mehr zu tun!«

Zur Bekräftigung biss sie herzhaft in das dritte Stück von Neles fabelhaftem Cheesecake. »Und František ist tierisch fleißig, kapiert total schnell und überhaupt: alles paletti!«

»Wer ist František?«

»Mein neuer Nachhilfeschüler.«

»Und was ist mit diesem Leonard?«

»Lennart? Peters?«

Der Themenwechsel erfolgte eine Spur zu plötzlich, und Pia brauchte eine Weile, bis sie darauf reagieren konnte.

»Es war schrecklich, wie er da lag. Ich dachte zuerst, er wär tot«, sagte sie leise. »Wie's ihm geht, wüsst' ich auch gerne. Aber ich kann da doch nicht einfach hingehen.«

»Ins Krankenhaus? Wieso *das* denn nicht?« Nele schüttelte ungläubig den Kopf. »Bist doch sonst nicht so schüchtern.«

»Das hat doch mit schüchtern nichts zu tun! Ich will mich einfach nicht aufdrängen!«

Nele lachte sie regelrecht aus. »Na, du machst mir Spaß! Gott sei Dank warst du noch nie im Krankenhaus! Sonst wüsstest du, wie langweilig es da ist. Also: nichts wie hin! Aber bring bloß keine Blumen mit! Lieber 'n Buch oder 'ne Zeitschrift oder so was!«

»Aber Lennart steht total auf Pflanzen!«

»Ahaa . . .?! Na, ihr scheint euch ja in der kurzen Zeit ganz schön nähergekommen zu sein, wenn du solche Intimitäten . . .«

»Quatsch! Haben mir seine Eltern erzählt!«

»Ach, mit denen bist du *auch* schon auf Du-und-Du?«

»Nele, du bist unmöglich! Und wenn deine blöden Anspielungen darauf abzielen sollen, mich über Jonas hinwegzutrösten: Kannste dir sparen! Der interessiert mich wirklich nicht mehr die Bohne!«

Sie hatte alle weiteren Mails von becky.matussek@was-auch-immer.de ohne zu lesen gelöscht und Rebecca und Jonas unwiderruflich aus ihrem Facebook-Freundeskreis getilgt.

Als Nele gegangen war, durchforstete Pia das Internet nach Büchern über Ethnobiologie, stellte fest, dass sie nicht einmal ansatzweise abschätzen konnte, ob es sich dabei um Standardwerke handelte und Lennart das betreffende Buch vielleicht längst gelesen hatte. Schließlich entschied sie sich für eine Neuausgabe von Alexander von Humboldts *Reise nach Südamerika.*

Das dürfte passen.

An der Wand vor dem Krankenzimmer war ein Kasten mit einem Metallbügel angebracht. Das Hände-Desinfektions-Ritual wurde Punkt für Punkt auf einem darüberhängenden Hinweisschild erklärt.

Während Pia den Anweisungen folgte, drehte die Krankenschwester irritiert Pias Mitbringsel in Händen.

»Sind Sie über Herrn Peters' Zustand informiert?«

Pia schüttelte den Kopf. »Nein, aber in der Zeitung stand doch, er wäre außer Lebensgefahr, oder?«

»Na ja . . . Soweit man das absehen kann . . .« Die Schwester gab Pia das Buch zurück und öffnete behutsam die Tür. »Aber ich darf Ihnen ansonsten natürlich keinerlei Auskünfte geben.«

Der Schock nahm Pia regelrecht den Atem: Lennart Peters lag mit bandagiertem Kopf, umgeben von einem ganzen Arsenal von Apparaten, Schläuchen und Monitoren auf dem Rücken; bewegungslos, das Gesicht deutlich schmaler als das letzte Mal, als sie ihn gesehen hatte.

Aber vielleicht wirkt das auch nur so, weil er so blass ist.

Er wandte nicht den Kopf, als sie das Zimmer betrat.

»Hallo, Lennart«, sagte Pia befangen. »Ich hab dir was zu lesen mitgebracht.«

Keine Antwort. Einen Moment lang war Pia versucht, auf dem Absatz kehrtzumachen. Ihr Herz klopfte wie wild.

»Manche bleiben für immer gelähmt«, hat Lennarts Mutter gesagt. Was ist, wenn . . .

»Gehen Sie nur!«, sagte die Schwester und schob sie mit sanftem Nachdruck weiter in das Zimmer hinein. »Hören kann er Sie. Und sehen auch.«

Dann schloss sie leise die Tür und Pia war mit Lennart allein; mit Lennart und den diffusen Geräuschen der Maschinen, die sein Überleben sicherten.

»Hören kann er Sie. Und sehen auch . . .«

Langsam wurde Pia klar, was die Schwester gemeint hatte.

Er kann nicht sprechen. Und er schaut mich nicht an, weil er den Kopf nicht bewegen kann.

Wieder hatte sie das Gefühl, wegrennen zu müssen. Was ging sie das Ganze hier an? Noch vor ein paar Tagen hatten sie und Lennart Peters sich gestritten, und . . .

Nein, nicht gestritten. Im Gegenteil. Es hätte sogar ein richtig schöner Nachmittag werden können . . .

Wenn nicht die Sache mit Jonas gewesen wäre.

Sie gab sich einen Ruck und ging ans Fußende des Bettes. Lennarts graue Augen signalisierten deutlich Wiedererkennen. Und Freude.

»Alexander von Humboldt«, sagte Pia und hielt das Buch hoch. *»Reise nach Südamerika.* Kennst du das? Ich meine: Hast du das schon gelesen?«

Keine Antwort.

Erschrocken schlug sie die Hand vor den Mund. »Sorry!«

Wie kann man nur so dämlich sein und jemandem Fragen stellen, der nicht sprechen kann!

Lennarts Augenlider zuckten. Dann lenkte er den Blick auf seine linke Hand. Sie lag bewegungslos auf seinem Brustkorb. Langsam, ganz langsam hob er die Finger ein paar Zentimeter an und ließ sie wieder zurückfallen.

»Hey! Heißt das *ja?«* Blitzartig fiel Pia ein Joy-Fielding-Krimi ein, in dem eine Koma-Patientin mit aller Macht versucht hatte, ihre Hand zu bewegen, um mit ihrer Umwelt Kontakt aufzunehmen.

»Moment, wir müssen eine Art Code ausmachen«, sagte sie hastig. »Einmal Klopfen heißt *ja,* zweimal Klopfen heißt *nein,* okay?«

Sie schaute gebannt auf Lennarts Hand: Die Finger hoben und senkten sich einmal.

»Gut. Prima. Aber das heißt jetzt nur, der Code ist okay, stimmt's? Das heißt nicht, dass du das Buch schon gelesen hast, oder?«

Die Finger auf der Bettdecke machten eine diffuse Bewegung.

»Oh, Shit!« Pia musste trotz des Ernstes der Situation grinsen. »Das waren zwei Fragen auf einmal! Sorry, sorry, sorry, kommt nicht wieder vor.«

Lennart schaute sie erwartungsvoll an. Seine grauen Augen wirkten dunkler als das letzte Mal.

Merkwürdig, mit einem Menschen nur über Blicke zu kommunizieren. Man kann alles und jedes hineininterpretieren . . .

Als das Sich-gegenseitig-in-die-Augen-Schauen fast nicht mehr auszuhalten war, nahm Pia das Buch aus dem Einwickelpapier und hielt es hoch.

»Soll ich dir vielleicht 'n bisschen was daraus vorlesen?«

Ihre Stimme klang verlegen, und sie fragte sich, was um Himmels willen der Grund dafür sein sollte. Zu ihrer Überraschung signalisierten Lennarts Finger »Nein«.

Sein Blick wanderte zur Fensterbank. Dann wieder zurück zu Pia und wieder zur Fensterbank.

»Soll ich das Fenster aufmachen?«

Zweimaliges Klopfen: »Nein.«

Wieder wanderte Lennarts Blick zur Fensterbank und zurück. Diesmal noch eindringlicher.

Pia zwang sich dazu, so geradlinig und schnörkellos wie möglich zu denken.

Kein Wer-wie-was-wann-wo-warum! Nur Ja-oder-Nein-Fragen, nichts anderes!

»Du klopfst erst, wenn ich was Richtiges sage, okay?«

Zustimmendes Klopfen.

»Gut, also: Fenster?«

Zustimmendes Klopfen.

»Dieses Fenster hier?«

Keine Reaktion.

Der Blick aus dem Krankenhausfenster war nicht sonderlich spannend. Etwas da draußen konnte Lennart also nicht gemeint haben.

»Ein anderes Fenster.«

Zustimmendes Klopfen.

»Ein bestimmtes Fenster.«

Heftiges Klopfen.

Lennarts Blick ließ sie nicht mehr los. In seinen Augen lag etwas, das Pias Puls erneut in die Höhe schnellen ließ.

Hier geht es nicht um nette Ratespiele! Irgendetwas macht ihm Sorgen. Oder Angst.

Jetzt wanderte Lennarts Blick hinüber zu seinem Nachttisch.

Dort stand eine kitschige Grußkarte. Pia nahm die Karte zur Hand und ging zurück zu ihrem Platz am Fußende.

Auf der Vorderseite hielt ein Bär einen dicken Strauß Blumen im Arm. »Gute Besserung!« stand darüber. Die Unterschriften auf der Innenseite der Karte stammten eindeutig von Kindern.

»Von deinen Reitschülern?«

Das bejahende Klopfen war nur schwach.

»Okay, kapiert: Die Karte ist von deinen Schülern, aber darum geht es nicht.«

Heftiges Klopfen.

»Um das Bärchen geht es mit Sicherheit auch nicht ...«

Sie überlegte fieberhaft, was es mit der Kombination von Karte und Fenster auf sich haben könnte.

»Genesungskarte, Gesundheit ... Geht es um deinen Unfall?«

Lennarts Hand hob sich und verharrte in der Luft.

»Gut, gut, gut!« Pia bemerkte, dass sie regelrecht ins Schwitzen gekommen war. »Es geht um deinen Unfall, aber das führt uns im Moment nicht weiter.«

Lennarts Hand senkte sich nur langsam. Das hieß »ja«. Oder besser »Ja, irgendwie schon«.

Pia starrte auf die Karte.

Gute Besserung ... Kinder ... Bärchen ... Blumenstrauß ...

»Blumenstrauß?«

Leichtes Klopfen.

Bingo! Okay, weiter ...

»Geschenk ... Vase ... Blumengeschenk ...«

Keine Reaktion. Exzessiver Blick zum Fenster.

Fenster ... Blumen ... Fenster und Blumen ...

»Blumenfenster?«

Heftiges Klopfen.

»Nicht dieses Fenster, sondern ein Blumenfenster? *Dein* Blumenfenster?!«

Lennarts Finger klopften dreimal hintereinander heftig auf die Bettdecke.

»Verstanden!« Pia wischte sich spielerisch einen imaginären Schweißtropfen von ihrer Stirn und lachte erleichtert. »Dreimal klopfen heißt: erraten! Oder: Pia, du bist die Größte oder so, hm? Also, wenn ich das alles versuche zusammenzuzählen, soll ich mal nach deinen Fleischfressern sehen, ja?«

Lennart klopfte erneut dreimal. Dann presste er die Lippen aufeinander und schloss die Augen.

Du lieber Himmel! Er scheint ja mächtig an seinen Pflänzchen zu hängen . . .

Die Schwester setzte ihrem eigentümlichen Dialog ein abruptes Ende. »So, das reicht für heute«, erklärte sie energisch.

Als Pia gegangen war, bahnten sich die Tränen, die sich unter Lennart Peters' Lidern gesammelt hatten, den Weg nach außen. Sie bildeten kleine dunkle Flecken rechts und links auf seinem Kopfkissen.

»Nicht weinen, Herr Peters«, sagte die Schwester, »Ihre hübsche, kleine Freundin kommt doch bestimmt bald wieder!«

Sie griff zu einem Zellstofftuch und wischte routiniert einmal rechts und einmal links über Lennarts Gesicht.

Ihm blieb nichts anderes übrig, als das widerspruchslos geschehen zu lassen. Woher sollte die nette junge Schwester auch wissen, dass er vor Erschöpfung weinte. Und vor Erleichterung.

9

Pia war froh, dass Nele ausnahmsweise mal »den Chauffeurdienst« übernahm, wie sie es auszudrücken pflegte. Als Christian vor anderthalb Jahren den Porsche Panamera gekauft hatte, war Nele wochenlang nicht bereit gewesen, das Ding zu fahren. »Ich studier schließlich noch, und wenn ich da 'ne Delle reinfahre . . .«

Kurz darauf hatte Christian ihr – hollywoodlike mit Diamantring und Kniefall – einen Heiratsantrag gemacht, und daraufhin sah sie das mit der Delle nicht mehr ganz so eng. Jedenfalls war sie nach Pias Anruf ohne Murren zum Krankenhaus gekommen, um sie abzuholen.

»Blümchen gießen?«, fragte sie kopfschüttelnd, als sie auf dem Weg zum Petershof den Grund für Pias Bitte erfuhr. »Tickt der nicht richtig?!«

Pia wußte selbst nicht recht, was sie von der ganzen Aktion halten sollte. »Vielleicht sind ja fleischfressende Pflanzen ganz besonders anspruchsvoll . . .«

»Ach? Und *du* kennst dich da aus, ja? Was futtern die denn so? Montags Hammel, dienstags Rinderhack und zwischendurch Bouletten, oder was?«

»Quatsch! Die brauchen keine Zufütterung! Auf'm Reiterhof gibt's genug Fliegen und so!«

»Na ist ja toll! Und was hast *du* dann da zu suchen? Kann seine Mutti nicht 'n bisschen Blümchen gießen?«

»Würde *unsere* Mutti *deine* Blumen gießen?«

»Wieso? Ich hab gar keine.«

»Eben. Gott sei Dank.«

Nele zuckte die Achseln und wechselte das Thema.

»Und ihr habt wirklich per Klopfzeichen kommuniziert?«

»Ja. Und mit den Augen.«

»Sexy.«

»Spinnst du? So 'ne Intensivstation ist alles andere als sexy!«

»Aber du hast doch gesagt, der Junge wird wieder.«

»Was hat denn das damit zu tun? Außerdem: Hundertprozentig kann das keiner voraussagen. Seine Mutter hat nur gemeint, die Ärzte hätten ihnen ein bisschen mehr Hoffnung gemacht als noch vor zwei Tagen.«

Sie hatte tatsächlich am Telefon nichts weiter in Erfahrung bringen können: Lennarts Eltern hatten einen Termin bei der Kripo und waren schon halb aus der Tür, als Pia anrief.

»Mein Schwager macht Ihnen dann auf«, hatte Lennarts Mutter erklärt; so nervös und in Eile, dass sie nicht mal nach dem Grund für Pias Besuch fragte.

»Hajo Peters«, stellte sich Bernhard Peters jüngerer Bruder vor. »Nett, dass Sie sich um Lennart kümmern.«

Er schloss ihnen die kleine Wohnung über der Garage auf und ließ sie dort nur zögerlich allein.

»Ähmmm . . .« Er trat unsicher von einem Bein aufs andere, »ich lad Sie nachher gern noch zu 'nem Bierchen ein. Oder nem Eierlikörchen oder so.«

Ganz offensichtlich war er schwer beeindruckt von Neles langen, nackten Beinen.

»Ich muss noch fahren«, sagte Nele, offensiv zurückflirtend, »aber 'n Wasser nehm ich gern.«

Shit, dachte Pia, *das mit dem Wimpernklimpern krieg ich niemals so hin.*

Während Lennarts Onkel sich davontrollte und Pia die ungerechte Flirt-Gen-Verteilung in ihrer Familie verfluchte, marschierte Nele schnurstracks zu Lennart Peters' Bücherregal und zog einen Bildband daraus hervor: *The Savage Garden: Cultivating Carnivorous Plants*.

»Na bitte! Musst nur noch eben die schlappen dreihundertfünfzig Seiten hier durchackern, und schon hast du das nötige Know-how!« Sie kicherte und tippte auf eines der Fotos. »Guck mal: Die Pflanze hier sieht aus wie 'n Designer-Klo mit offenem Deckel!«

Pia reagierte nicht. Sie stand mit dem Rücken zu Nele am Fenster und hatte offenbar nicht einmal zugehört.

»Hallo?! Pia? Hat eins von den hinterfotzigen Pflänzchen versucht, dich anzuknabbern, oder was?«

Als Pia immer noch nicht reagierte, legte Nele das Buch beiseite und ging hinüber zu ihrer Schwester. »Hey, Sis, was'n los?«

»Das hier ist los.«

Pia hielt einen Brief in der Hand und Nele schaute ihr neugierig über die Schulter.

»Liebe Pia,

es tut mir leid, dass wir uns neulich so Hals über Kopf getrennt haben . . .«

»Uups!« Nele legte gespielt theatralisch die Hand über die Augen. »Ein Liebesbrief! Aber ich hab nichts gesehen!«

»Nein. Ganz sicher kein Liebesbrief«, sagte Pia trocken.

Sie reichte das Schreiben ihrer Schwester und ließ sich in Lennarts Ohrensessel fallen. Den Umschlag hielt sie in ihrem Schoß umklammert. Er war versandfertig frankiert und ans Jugendhaus adressiert: »Mit Bitte um Weiterleitung an Pia Canisius«. Ganz offensichtlich hatte Lennarts Unfall ihn daran gehindert, ihn abzuschicken. Ein Gegenstand steckte darin.

». . . Deinem Freund Unrecht getan . . ., . . . als wir das Becken geleert haben, das Beiliegende gefunden . . .«, murmelte Nele, als sie die Zeilen überflog.

»Und was bedeutet das?«, fragte sie, als sie zu Ende gelesen hatte.

»Hier!« Pia nestelte einen Gegenstand aus dem Umschlag und hielt ihn Nele auf der geöffneten Handfläche hin. Eine Haarspange: weiße Perlen im Wechsel mit Strasssteinchen, die in der hereinfallenden Abendsonne in allen Regenbogenfarben glitzerten.

»Ich wusste gleich, dass Jonas es nicht getan hat«, murmelte Pia.

»Was nicht getan?«

»Es war Rebecca.« Pias Stimme klang rau vor Schmerz. »Ich hab tatsächlich einen Moment lang an ihm gezweifelt. Aber es war nicht Jonas! Rebecca war an dem Nachmittag hier. Und das da ist der Beweis. Rebecca hat Lennarts Hund umgebracht!«

»Pia, du spinnst! Warum sollte sie das tun? Dafür gibt's doch überhaupt keinen Grund!«

Während Pia und Nele die Beratung über das, was sie mit ihrer Entdeckung anfangen sollten, verschoben und zum Wohnhaus hinübergingen, um sich von Hajo Peters zu verabschieden, saßen Lennarts Eltern in einem schmucklosen, kleinen Büro im Kommissariat 11 der Polizeidirektion Leipzig. Kriminalhauptkommissar Böhnisch bedankte sich für ihr Kommen und erkundigte sich angelegentlich nach Lennarts Befinden, bevor er – so diplomatisch wie möglich – mit der Sprache herausrückte. »Könnte es sein, dass Ihr Sohn das Opfer eines ... sagen wir ... persönlichen Angriffs oder Racheaktes geworden ist?«

Tamara Peters griff reflexartig nach dem Zigarettenpäckchen in ihrer Jackentasche und Bernhard Peters hob die Schultern. »Ich weiß nicht ...«

»Wurde er gemobbt?«

»Nicht, dass wir wüssten ...«

»Und dieser Jonas ...«, Kommissar Böhnisch griff

nach einem Aktenordner und las den Nachnamen ab, ». . . dieser Jonas Romeike? Da gab es doch letzten Winter diesen Vorfall auf dem Schulhof.«

Tamara Peters biss sich auf die Lippen und Bernhard Peters rieb sich verlegen den Bart. »Ach, wissen Sie, man will doch niemandem was Schlechtes nachsagen, Herr Kommissar.«

Auf der Rückfahrt machten Nele und Pia Zwischenstation in einem Dorfgasthof.

Nele drehte die Perlenspange skeptisch in den Händen. »Gibt's solche Dinger nicht in jedem Kaufhaus?«

»Nein! Eben nicht! Rebeccas Mutter macht diesen ganzen Kram selber! Ohrringe, Ketten, Spangen, Dreamcatcher, Mobiles . . .«

»Dreamcatcher?! Wie out ist das denn?!«

». . . und alles aus Perlen und Glitzersteinchen, mal mit, mal ohne Regenbogeneffekt.«

»Hat die 'n Ebay-Shop, oder was?«

»Nee, die arbeitet nicht. Die hat erfolgreich zwei Ehemänner beerbt.«

»Wow!« Nele pfiff ausgesprochen undamenhaft durch die Zähne. »So 'ne Art Schwarze Witwe, oder was?«

Pia zuckte die Achseln. »Äußerlich jedenfalls nicht. Die trägt Lila. Oder Mauve. Oder Fliederfarben. Zu ihrer Aura passend.«

»Tz. Voll in den Achtzigern stecken geblieben! Aber solche Walla-Walla-Tussis sind doch immer total worldpeace-mäßig drauf! Deren Kids ersäufen doch keine Hunde!«

»Und wie kommt Rebeccas Spange dann in den Swimmingpool?«

Nele zuckte die Achseln. »Find's raus.«

»Und wie?«

»Na, indem du sie fragst!«

»Ihr Sohn scheint ja echt 'n Schlag bei Frauen zu haben«, witzelte die Krankenschwester, als Bernhard und Tamara Peters am Abend ins Krankenhaus kamen. Doch die beiden waren nach dem Besuch im Kommissariat viel zu aufgewühlt, um auf die Bemerkung einzugehen.

»Bettina Mantscheff«, hatte sich das Mädchen mit dem Engelsgewand bei Anmeldung vorgestellt, »ich bin eine Freundin von Lennart Peters.«

Allein im Zimmer hatte Rebecca minutenlang bewegungslos an Lennarts Bett gestanden.

»Lennart? Tust du nur so oder schläfst du wirklich?«

Keine Reaktion.

»Wie blöd von mir! Du kannst ja gar nicht antworten! Muss schrecklich für dich sein.«

Lennart atmete tief und gleichmäßig.

Rebecca strich ihm mit zwei Fingern leicht über die Wange. Dann warf sie einen Blick durch das Überwachungsfenster in ihrem Rücken: Der diensthabende Pfleger tippte etwas auf einer Computertastatur und interessierte sich ganz offensichtlich mehr für das, was auf dem Bildschirm vor sich ging, als für die Geschehnisse im Intensivzimmer.

Rebecca lächelte zufrieden und wandte sich wieder Lennart zu.

»Vielleicht schläfst du ja wirklich. Wie auch immer: Das hab ich für dich gemacht.«

Sie nestelte einen verschnörkelten silbernen Fotorahmen aus ihrer Tasche und stellte ihn auf Lennarts Nachttisch: das Bild einer kleinen schwarz-weißen Hündin. Eindeutig gescannt oder aus dem Internet gefischt und ausgedruckt, aber mit deutlicher Ähnlichkeit zu Nagual.

»Ich komme wieder«, flüsterte Rebecca dicht an Lennarts Ohr.

Als sie sich umwandte, trafen ihre Blicke die des jungen Pflegers hinter der Scheibe und sie winkte ihm lächelnd zu.

»Bis bald, Lennart«, sagte sie im Hinausgehen. »Sehr bald.«

Lennarts Lider waren nach wie vor geschlossen. Lediglich das EKG-Gerät zeigte an, dass er keineswegs geschlafen hatte: Die Herzfrequenz war in den letzten Minuten um zwanzig Schläge angestiegen.

10

Es kam selten genug vor, dass Pia ihre Eltern um juristischen Rat fragte, aber die Sache mit der Spange ließ ihr keine Ruhe.

»Wer ein Wirbeltier ohne vernünftigen Grund tötet oder ihm aus Rohheit erhebliche Schmerzen oder Leiden zufügt – vulgo: sich der Tierquälerei schuldig macht –, muss laut Paragraf 17 der Straf- und Bußgeldvorschriften mit bis zu drei Jahren Freiheitsstrafe rechnen«, erklärte Barbara Canisius, ohne dazu auch nur ein einziges Nachschlagewerk bemühen zu müssen. »Und in Paragraf 4 des Tierschutzgesetzes heißt es dazu unmissverständlich: Ein Wirbeltier töten darf nur, wer die dazu notwendigen Kenntnisse und Fähigkeiten hat.«

Als Pia fragend die Stirn runzelte, setzte ihre Mutter »zum Beispiel Metzger, Jäger, Veterinärmediziner« hinzu. Dann runzelte sie ihrerseits die Stirn. »Wozu musst denn du das wissen?«

Nachdem Pia von ihrem Verdacht erzählt hatte – unter Aussparung persönlicher Details –, wiegte ihre Mutter bedenklich den Kopf. »Also: Beweisen kannst du damit gar nichts! Die Spange kann rein zufällig im Pool gelandet sein, und die Hündin von diesem Lennart kann ebenso zufällig, und ohne dass jemand daran schuldhaft beteiligt war, ertrunken sein.«

»Aber sie war angeleint.«

»Und was beweist das?«

»Dass jemand Fremdes das getan haben muss, denn Lennart hat gesagt, dass er sie . . .«

Pias Mutter winkte ab. »Hat vor Gericht keinen Bestand! Ein Gegenanwalt quittiert das nicht mal mit 'nem Achselzucken! Dein Lennart könnte vergessen haben, seiner Hündin die Leine abzunehmen, oder ein unbekannter Dritter hat sie angeleint. Und selbst *das* muss ja nicht zwangsläufig in böser Absicht geschehen sein.«

Pia überhörte geflissentlich das »Dein« vor Lennart und ließ resigniert seinen Brief sinken. »Soll das heißen, man kann da überhaupt nichts unternehmen?«

»Nur wenn die oder der Betreffende von sich aus alles zugibt. Dann allerdings hat der Besitzer des Hundes zivilrechtlich Anspruch auf Schadenersatz. Paragraf 823 BGB.«

Als ob man den Verlust eines Haustiers mit Geld aufwiegen könnte . . .

»Danke, Mama«, sagte Pia und war bereits auf dem Weg von der Kanzlei nach oben in die Wohnung.

»Ach, sag mal: Was macht eigentlich dein neuer Freund?«, rief Barbara Canisius ihr hinterher.

Pia hob theatralisch die Hände und imitierte eine berühmte Kaffeewerbung: »Isch 'abe gar keine neue Freund, Signora!«, erklärte sie leichthin und verschwand.

Mütter müssen nicht alles wissen. Und schließlich ist das ja nicht mal gelogen.

Allein in ihrem Zimmer ließ sie sich das Ganze noch einmal durch den Kopf gehen. Irgendwann leuchtete ihr ein, dass die Aneinanderreihung von möglichen Zufällen, die zu Naguals Tod geführt haben konnten, nicht viel absurder war als die Vorstellung, dass ein oberflächliches und egozentrisches, aber in keiner Weise bösartig wirkendes sechzehnjähriges Mädchen wie Rebecca das Tier zu Tode gequält haben könnte.

Vielleicht war ja wirklich alles ganz anders.

Nach einer ergebnislos durchgrübelten Nacht beschloss Pia, sich in die Höhle des Löwen zu begeben: Sie fuhr gleich nach der Schule zu den Matusseks raus.

Es war – wie sie sehr wohl wusste – grob unhöflich, jemanden einfach unangemeldet zu überfallen, aber sie erhoffte sich einen gewissen Vorteil daraus, plötzlich und unerwartet vor der Tür zu stehen.

. . . gar nicht erst die Möglichkeit geben, sich irgendwelche Geschichten zurechtzulegen.

Innerlich bestens gegen ein überdreht-euphorisches »Piiiiia!« gewappnet, drückte sie auf die Klingel. Eine Zeit lang passierte gar nichts. Pia klingelte zögernd ein zweites Mal.

Allzu aufdringlich will man ja nun auch wieder nicht sein . . .

Als Therese Matussek schließlich öffnete, blieb das nervtötende Begrüßungsritual aus. Sie hatte rot verweinte Augen und fiel Pia übergangslos um den Hals.

»Ach Pialein! Das ist ja sooo lieb von dir, dass du vorbeikommst!«

Okay, Pia, die Sache mit dem Überraschungseffekt

ist eindeutig nach hinten losgegangen. Und »Pialein« ist keinen Deut besser als das endlos tirilierte »I« . . .

Im Haus roch es durchdringend nach Weihrauch.

Auch nicht viel besser als Knoblauch mit Patchouli . . .

»In der Thermoskanne ist noch frischer Kaffee!« Therese Matussek schob Pia in die Küche. »Ich hol Becky nach unten! Vielleicht kannst du sie ja ein bisschen aufheitern.«

Pia war erleichtert, dass Rebecca offenbar allein in ihrem Zimmer war: Zumindest blieb ihr auf diese Weise erspart, Zeugin einer weiteren Turteltäubchen-Nummer mit Jonas zu werden.

Vielleicht hat er ja auch schon wieder 'ne andere, und Rebeccas Mutter nimmt allen Ernstes an, dass ich hergekommen bin, um ihr Beckylein über den Verlust meines Ex-Lovers hinwegzutrösten . . .

Kurz darauf kam Rebecca die Treppe herunter.

»Hallo, Pia«, sagte sie matt, als sie die Küche betrat.

Sie sah schrecklich aus: Die sonst sorgsam frisierten Haare hingen strähnig und glanzlos herunter und unter ihren Augen lagen dunkle Schatten.

Wahrscheinlich irgendein Virus . . .

»Danke, dass du gekommen bist, Pia. Ich hab dich ja so vermisst . . .«

»Keine Ursache.«

Pia beschloss, sowohl dieses wenig glaubhafte Lippenbekenntnis als auch Rebeccas desolaten Zustand zu ignorieren. Schließlich war das hier kein Krankenbesuch, auch wenn Rebeccas Mutter offensichtlich davon ausging.

»Hier«, sagte sie kühl, nahm die Spange aus ihrem Rucksack und legte sie auf den Tisch. »Das gehört doch dir, oder?«

Der Effekt war verblüffend: Rebecca gab einen unterdrückten Jubelschrei von sich, nahm die Haarspange in beide Hände und drückte einen Kuss auf die etwas größere, mittlere Perle.

»Wie toll! Mein Glücksbringer! Wie super-super-toll! Ich dachte schon, ich hätt' den für immer verloren! Oh, danke, Pia!«

Als Rebecca sie umarmte, nahm Pia einen unangenehmen Geruch wahr.

Schweiß. Nicht der süßlich-muffige Geruch, der entsteht, wenn man ein, zwei Tage lang krank und ungeduscht im Bett liegen bleibt. So riecht man bei extremem Stress. Oder bei Angst.

»Wo hast du die Spange denn gefunden?«, fragte Rebecca.

Pia war auf die Frage gefasst. »Auf dem Petershof«, antwortete sie knapp und verfolgte gespannt Rebeccas Reaktion:

Sie runzelte die Stirn und schüttelte dann langsam den Kopf. »Aber ich kann mich gar nicht erinnern, sie angehabt zu haben, als ich da draußen war. Und wieso . . .?« Sie geriet ins Stottern: »Woher weißt du überhaupt . . .?«

Pia reagierte nicht und beobachtete weiter, wie ihr Gegenüber sich unter ihren Blicken wand.

»Aaach, jetzt versteh ich«, sagte Rebecca nach einer Weile. »Du hast rausgekriegt, dass ich neulich absichtlich zum Petershof raus bin, um Jonas kennenzulernen.« Sie hob in einer hilflosen Geste ihre Hände und senkte schuldbewusst den Kopf. »Stimmt, das war so. Aber ich wusste doch nicht, dass du in Jonas ver. . .«

»Das interessiert mich auch nicht die Bohne!«, fuhr Pia sie an, »was mich interessiert, ist, wie das Ding da in den Pool geraten ist, in dem rein zufällig an diesem Nachmittag Lennarts Hund ertrunken ist!«

An das, was daraufhin geschah, sollte Pia sich wochenlang wieder und wieder erinnern. Es war geradezu gespenstisch: Rebeccas ohnehin blasses Gesicht verlor jede Farbe.

»Oh nein!«, stammelte sie, »sag, dass das nicht wahr ist!«

Dann griff sie sich an den Hals, atmete ein paarmal stoßweise ein und aus, schwankte, griff nach der Tischkante, um sich abzustützen, glitt davon ab und brach zusammen.

Eine gute halbe Stunde später, nachdem Pia sie mithilfe ihrer Mutter nach oben in ihr Zimmer gebracht hatte, kehrte langsam wieder etwas Farbe in Rebeccas Gesicht zurück.

»Er versucht, mich da mit reinzuziehen«, schluchzte sie. »Oh Gott, wie kann man sich nur so in einem Menschen täuschen?«

Anhand Rebeccas Andeutungen und der Fragmente, die ihre Mutter beisteuerte, setzte sich für Pia langsam ein Bild der Ereignisse zusammen, die zu Rebeccas desolatem Zustand geführt hatten:

Jonas und Rebecca hatten die Nacht miteinander verbracht. Am frühen Morgen hatte die Polizei geklingelt und Jonas abgeholt. »Zeugenbefragung im Fall Lennart Peters.«

Er war danach nicht wieder aufgetaucht: weder zu Hause noch bei den Matusseks.

»Sie glauben, es war ein Mordversuch . . .«, Therese Matussek schlug, genau wie ihre Tochter es mitunter tat, in Kleinkindmanier die Hände vors Gesicht, ». . . und sie glauben, Jonas hätte was damit zu tun! Becky war so geschockt, dass ich sie heute nicht in die Schule gelassen habe.«

»Aber . . . das Ganze kann doch nur ein Missverständnis sein! Wieso sollte Jonas . . .? Ich meine: Er ist doch gar nicht fähig, jemandem so was anzutun!«

»Ja, das glaubt man immer . . . Bis es zu spät ist«, sagte Rebecca leise. »Pia, ich wusste von der Sache mit dem Hund. Aber Jonas hat mir gesagt, es wär einfach irgendwie . . . über ihn gekommen! Weil dieser Lennart ihn ständig nur gedisst hat! Und er hat ihm mit voller Absicht die schlimmsten Dreckarbeiten aufgehalst! Er hat das mit dem Hund eigentlich gar nicht gewollt. Und jetzt . . .«, sie schluchzte auf und verbarg – genau wie ihre Mutter – das Gesicht in den Händen, ». . . jetzt, wo er noch Schlimmeres gemacht hat, versucht er, mir die Sache mit dem Hund anzuhängen! Ich weiß genau, dass ich die Spange letzte Woche noch hatte! Er muss sie mir weggenommen und am Sonntag bei den Peters in den Pool geworfen haben.«

Therese Matussek nahm ihre Tochter in den Arm und wiegte sie wie ein kleines Kind.

»Denk nicht weiter drüber nach, Beckylein«, wisperte sie beschwörend. »Vergiss das alles ganz schnell wieder. Jonas ist auch nur ein Opfer . . .«

»Ein Opfer von was?! Oder wem!?«, platzte Pia empört heraus, doch Therese Matussek unterbrach sie sofort. »Darüber können wir unten miteinander reden. Ich denke, wir lassen Becky jetzt erst mal ein bisschen ruhen.«

Rebecca nickte dankbar. »Aber komm wieder, Pia, ja?«

Anschließend, unten in der Küche, erhielt Pia einen Vortrag über Perlen-Kinder und ihre Psyche.

»Jonas ist leider kein Einzelfall. Kannst du dich zum Beispiel an diesen schrecklichen Amoklauf in der Columbine High School erinnern?«

»Klar. Da war ich zwar noch klein, aber ich hab die Bilder im Fernsehen gesehen, und wir haben in der Schule drüber gesprochen. Furchtbar.«

»Siehst du, das ist die dunkle Seite! Das passiert, wenn man Perlen-Kinder nicht als das wahrnimmt, was sie sind!«

»Was soll das denn heißen? Perlen-Kinder bringen Love, Peace und Happiness und sind im Innern ihres Herzens psychopathische Massenmörder?!«

Therese Matussek gab ein trauriges kleines Lachen von sich. »Nein, natürlich nicht. Aber stell dir vor, du kommst mit der Weisheit und dem Wissen von Jahrtausenden auf die Erde, mit der Mission, einem neuen Äon einzuläuten. Da findest du dich verständlicherweise in unserer beschränkten Welt nur schwer zurecht. Und eh du dich versiehst, wirst du zum Außenseiter und Versager gestempelt.«

»Das passiert auch ganz normalen Kids! Aber die planen deshalb noch lange nicht, wahllos auf Gleichaltrige zu schießen!«

»Genau darin erweist sich ja die überirdische Macht dessen, was Perlen-Kinder in unsere Welt bringen: Wenn sie keinen Ausweg mehr sehen, wenden sie diese Macht gegen sich und andere. Weißt du, was der jüngere der beiden Columbia-Shooter in sein Tagebuch geschrieben hat?«

»Nein.«

Und ich will es auch gar nicht wissen!

»Ich bin der Gott der Traurigkeit«, zitierte Therese Matussek geradezu ehrfurchtsvoll, »weißt du, was das bedeutet?«

»Allmachtsfantasien? Realitätsverlust? Größenwahn?«

Beziehungsweise alles auf einmal.

»Nein, das ist viel zu oberflächlich«, Therese Matussek schüttelte geradezu mitleidig den Kopf. »Eric Harris, der Ältere von den beiden, hat geschrieben: Ich habe zu viel nachgedacht, zu viel verstanden, zu viel herausgefunden, und ich habe zu viel Selbsterkenntnis, um einfach aufzuhören, das zu denken, was ich denke.«

»Blödsinn! Kein Mensch kann aufhören, das zu denken, was er denkt! Was gibt es denn in so 'ne abgedrehte Selbstbeweihräucherung reinzugeheimnissen?!«

»Aber verstehst du denn nicht? Was immer Jonas getan hat: Er wollte der Welt damit ein Zeichen setzen! Weil er sich anders nicht mehr hat verständigen können! Weil niemand seine Mission erkannt hat! Weil wir verlernt haben, die Boten einer anderen, besseren Welt als das anzuerkennen, was sie sind!«

»Danke für den Kaffee«, sagte Pia und verließ fluchtartig das Haus.

11

Jonas starrte auf die gegenüberliegende Wand. Die ungewöhnlich blauen Augen beinahe ohne Lidschlag geradeaus gerichtet, lächelnd, ungerührt und wie in Trance wiederholte er nach jeder Frage gebetsmühlenartig denselben Satz: »Ich heiße Jonas Romeike und bin siebzehn Jahre alt.«

Kommissar Böhnisch sprang auf und tigerte ein paar Schritte im Raum hin und her, um sich abzureagieren. »Jetzt hören Sie mit dieser blödsinnigen Show auf und reden Sie mit uns!«

Auch seine Kollegin verlor langsam die Geduld. »Jonas, gegen Sie liegt in dieser Angelegenheit absolut nichts vor, also lassen Sie die albernen Spielchen! Sie sind hier lediglich als Zeuge! Kapieren Sie das denn nicht?«

Auch dieser Appell ging ins Leere.

»Ich heiße Jonas Romeike und bin siebzehn Jahre alt.«

»Herrgott noch mal!« Böhnisch schlug geräuschvoll mit der Hand auf den Tisch. »Wo haben Sie das her? Aus dem Fernsehen?«

»Ich heiße Jonas Romeike und . . .«

»Jajaja! Das haben wir jetzt schon gefühlte dreihundert Mal gehört!«

Ein strafender Blick seiner Kollegin ließ Böhnisch die Lautstärke drosseln: Laut Gesetz war Jonas ein Jugendlicher und somit besonders schutzbedürftig. Nicht nur wegen entsprechender Vorschriften hatte Böhnisch Jonas' Mutter gebeten, in die Dimitroffstraße zu kommen und bei der Vernehmung anwesend zu sein: Es gab Jugendliche, die nach einer harmlosen Befragung einen Riesenzirkus abzogen, von wegen »unter Druck gesetzt« und so weiter. Reine Show, aber so was brachte ja womöglich einen Kurzauftritt im Fernsehen ein.

Doch Jonas Romeike hatte die Anwesenheit seiner Mutter strikt verweigert, und seitdem Carina Romeike völlig aufgelöst das Kommissariat verlassen hatte, saß er – äußerlich entspannt und gelassen – da und erwies sich als immun gegen jede erdenkliche Verhörtaktik.

Kommissarin Junghans verlegte sich noch ein letztes Mal auf den bei Jugendlichen normalerweise wirkungsvollen Wir-wollen-doch-alle-nur-Ihr-Bestes-Ton: »Jetzt seien Sie doch vernünftig! Wenn Sie unsere Fragen beantworten, sind Sie hier in zehn Minuten wieder raus! Also?«

»Ich heiße . . .«

»Schluss jetzt! Aus!« Böhnisch war kurz davor, Jonas bei den Schultern zu packen und kräftig durchzuschütteln. »Wir sind hier nicht bei CSI und CIA, Junge! Ein Kumpel von dir liegt in der Uniklinik an zig Schläuchen, und keiner weiß, ob er je wieder wird! Und du warst an dem Tag, an dem der Anschlag passiert ist, in der Nähe! Man hat dich gesehen! Und wir wollen – verdammt noch mal – einfach nur von dir wissen, ob dir irgendwas aufgefallen ist!«

Kommissarin Junghans bediente das entsprechende Kontrastprogramm und lächelte süß. »Egal wie unbedeutend dir die ein oder andere Beobachtung vielleicht vorgekommen ist . . .«, fuhr sie in Good-Cop-Manier fort, »wir wollen einfach nur von dir erfahren, wann genau du wo warst und was sich zu dem Zeitpunkt auf dem Gelände zugetragen hat.«

Jonas widmete sich intensiv einem winzigen Hautfetzchen, das sich im Nagelbett seines rechten Daumens gelöst hatte.

Schweigen.

»So kommen wir nicht weiter«, wisperte Böhnischs Kollegin hinter vorgehaltener Hand. »Der Junge sitzt jetzt seit Stunden hier. Er ist noch keine achtzehn. Irgendwann ist Schluss. Wir sollten ihn gehen lassen.«

»Jonas?« Böhnisch machte einen letzten Versuch, den hübschen jungen Mann mit den Eisaugen zum Reden zu bringen. »Wie gesagt: Auf dem jetzigen Stand der Ermittlungen hast du nichts, aber auch gar nichts zu befürchten. Aber wenn du mit dieser Nummer versuchst, jemanden zu schützen, kann das üble Folgen haben.«

Jonas hatte das Hautfetzchen abgerissen. Er quetschte einen Blutstropfen hervor und leckte ihn ab, ohne den beiden Beamten die geringste Beachtung zu schenken.

Dann stand er auf und verließ wortlos den Raum.

Es gab kein Gesetz, das ihn daran hindern konnte.

Am Tatort hatten sich keine verwertbaren Spuren gefunden.

Als Jonas die Dimitroffstraße hinunterging, kam ihm ein alter Ford Sierra entgegen. Fliederfarben. Sonderlackierung. Passend zur Aura.

Jonas war so in Gedanken, dass er den Wagen beinahe übersah.

12

Hajo Peters hatte Pia gleich bei ihrem zweiten Besuch erklärt, er könne sich in Zukunft ohne Weiteres um »Lennarts Unkraut-Sammlung« – wie er es nannte - kümmern. Doch Pia hatte das Angebot dankend abgelehnt, obwohl ihr klar war, dass Lennart sie seinerzeit nur wegen der verräterischen Spange in sein Refugium oberhalb der Garage gelotst hatte.

Aber die Sache mit den Fleischfressern hatte begonnen, sie zu interessieren. Und schließlich boten die Besuche auf dem Petershof Gelegenheit, den Ereignissen der letzen Wochen auf eigene Faust ein wenig auf den Grund zu gehen.

Am Anfang war aus Lennarts Reitschülerinnen nichts herauszubekommen.

»Sagt mal, an dem Tag, als Lennarts Hund ertrunken ist . . .«, hatte Pia vorsichtig gefragt, »da war doch ein Junge hier: schwarze Locken, blaue Augen . . .«

»Wieso willst denn du das wissen?«, war die prompte Gegenfrage, und sie verhieß nichts Gutes.

Die Mädchen hatten sich wie eine Phalanx hinter eine mollige Zwölfjährige geschart und musterten Pia skeptisch von oben bis unten.

»Laura«, stellte sich die kleine Mollige vor. »Und wer bist du? Wir reden hier nämlich nicht mit jedem, verstehst du?«

Die anderen Mädchen nickten oder murmelten Zustimmung. Laura genoss offenbar allgemeinen Respekt.

»Oh, sorry! Ich heiße Pia und bin . . . Ich bin . . .«

Als Pia ins Stottern geriet, verschränkte Laura die Arme vor der Brust und ihr Blick verfinsterte sich zusehends. »Bist du dem seine Freundin?«

»Nein-nein«, versicherte Pia hastig, »ich bin in so 'nem Schülergericht. Teen-Court. Schon mal was davon gehört?«

»So 'ne Art Richterin oder was?«

Pia nickte, obwohl »Richterin« natürlich viel zu hoch gegriffen war. Die Wirkung war verblüffend.

»Wow!«

»Wie cool ist das denn?«

»Krass.«

Augenblicklich war das Eis gebrochen und die Mädchen redeten wild durcheinander.

»Der Typ mit den schwarzen Locken? Samtjacke? Und auch sonst so'n bisschen auf romantisch gestylt? Also, auf dem Hof hier hab ich den nur ein Mal gesehen. An dem Tag, als Nagual ertrunken ist.«

»Genau. Sollte wohl die Ställe ausmisten. Hat er aber nicht gemacht.«

Eins der Mädchen kicherte hinter vorgehaltener Hand. »Hat lieber mit Superblondie rumgeknutscht!«

Laura zog abschätzig die Nase hoch und entfernte die übrig gebliebene Feuchtigkeit mit einem gekonnten

Schwung ihres Unterarms. »Echt abartig, was die da abgezogen haben! Und was die Tussi sonst hier zu suchen hatte, weiß kein Mensch!«, schniefte sie empört.

Das andere Mädchen kicherte erneut. »Wenigstens hat sie sich ihren albernen Fummel total eingesaut! Die kommt bestimmt nicht mehr!«, erklärte sie schadenfroh.

»Wie . . . eingesaut?«, fragte Pia.

Laura zuckte die Achseln. »Weiß der Geier, wo die sich rumgewälzt haben. Jedenfalls waren die beiden total verdreckt, als sie abgehauen sind.«

Pia überlief eine Gänsehaut.

Was ist, wenn die beiden gemeinsam . . .

»War das vor oder nachdem das mit Nagual passiert ist?«

Das Mädchen zuckte die Achseln. »Keine Ahnung. Jedenfalls ganz sicher erst, nachdem Lennart mit Finesse raus ist.«

»Das heißt: nach vier«, ergänzte Laura.

»Und am Tag, als Lennart verunglückt ist?«

Die Mädchen steckten die Köpfe zusammen und berieten sich untereinander.

»Nichts mitgekriegt.« Laura zuckte bedauernd die Achseln. »Lennart ist wie immer um vier mit Finesse raus, aber die komische Tussi und der Typ sind hier nicht aufgetaucht. Weder vorher noch nachher.«

»Danke.«

»Und? Willst du nicht mal 'ne Runde reiten?«, fragte Laura kumpelhaft, als Pia sich zum Gehen anschickte.

»Ein andermal vielleicht.«

Sie musste den Kindern ja nicht auf die Nase binden,

dass sie als Fünfjährige von einem Kirmes-Pony gebissen worden war und jegliche Art von Einhufern ihr seitdem einen Höllenrespekt einflößten.

»Ciao, Laura! Ciao, Mädels.«

Anschließend hatte Pia hin und her gegrübelt, was sie mit diesen neuen Informationen anfangen sollte. Sie hatte sich geschworen, keinerlei Verdächtigungen in die Welt zu setzen, solange es keine handfesten Beweise gab; erst recht nicht, wenn sie Jonas betrafen.

Aber obwohl ihre Nachforschungen eher verwirrende neue Erkenntnisse brachten und trotz ihrer Pferdephobie fuhr sie gerne zum Petershof raus. Sie hatte sich inzwischen sogar allerlei Spezialkenntnisse in Sachen Karnivoren angelesen. Unter anderem, dass die Pflanzen, die Nele als »Designer-Klo mit offenem Deckel« bezeichnet hatte, Nephentes argentii hießen.

». . . und die klebrige grüne Rosette, die an Prilblümchen erinnert, hört auf den schönen Namen Drosera sessilifolia.«

Sie saß an Lennarts Bett und zeigte ihm die Fotos, die sie von seiner Fensterbank gemacht hatte. »Siehst du? Alles bestens! Und die Venusfliegenfalle lässt dich grüßen!«

Wahrscheinlich würde er jetzt gern irgendwas Nettes oder einfach nur »Danke« sagen, dachte Pia.

Aber Lennarts Zustand hatte sich nicht gebessert. Seine Lippen bewegten sich nicht. Kein Lächeln. Nichts.

Sie malte sich aus, wie es sein musste, einfach daliegen zu müssen, ohne sich rühren zu können und ohne zu wissen, ob es je wieder ein normales Leben geben würde.

Bevor sie weiter darüber nachdenken konnte, hob Lennart seine Hand. Pia stutzte. Sie hatte nichts gefragt, was eine Ja-Nein-Antwort erfordert hätte.

Lennarts Hand verharrte in ihrer Position. Pia zögerte einen Moment, weil sie Angst hatte, die Geste falsch zu verstehen. Doch schließlich fasste sie sich ein Herz, legte Lennarts Hand in die ihre und hielt sie fest umschlossen.

Seine Hand war überraschend warm und kraftvoll und Pia durchrieselte ungewollt ein ganz und gar nicht zu einem Krankenbesuch passender Schauer.

Hey, Pia, verwechsel das jetzt nicht mit romantischem Händchenhalten!

Sie hätte sich ohrfeigen können, aber sie wurde tatsächlich ein bisschen rot und traute sich nicht, Lennart in die Augen zu schauen.

Stattdessen wanderte ihr Blick zu seinem Nachttisch. Dort stand die billige, silberfarben lackierte Plastikversion eines Jugendstilrahmens. Auf dem Bild darin schaute ein aufgekratzter kleiner Bordercollie mit leuchtenden Augen in die Kamera; offenbar in Erwartung eines Leckerbissens oder von etwas, das dieser Art von Hunden am allerbesten gefällt: Spielen, Toben, Abenteuer.

»Ist das Nagual?«

Lennart drückte zweimal kurz hintereinander Pias Hand.

»Nein?!«

Erst jetzt stellte Pia fest, dass es sich bei dem Bild um

einen Computerausdruck handelte: In der oberen linken Ecke sah man deutlich das Fragment eines Werbetextes.

Aus irgendeiner Illustrierten eingescannt und ausgedruckt . . .

Pia zuckte ratlos die Achseln. »Aber . . . das macht doch überhaupt keinen Sinn . . .«, murmelte sie.

Lennart verstärkte den Druck seiner Hand.

Pia war ratlos.

Wer stellt jemandem, der sich nicht wehren kann, das Bild eines x-beliebigen Reklamehundes auf den Nachttisch? Und das, nachdem der eigene Hund gerade unter grausamen Bedingungen gestorben ist?

Lennarts Augen verrieten eine Mischung aus Angst und Wut.

»Möchtest du, dass ich das Bild . . . wegnehme?«

»Ja!«, signalisierte Lennarts Hand.

Kaum hatte Pia den Bilderrahmen in ihrem Rucksack verstaut, flog die Tür auf, und ein penetrant gute Laune verbreitender Oberarzt kam hereingestürmt, gefolgt von einer Gruppe beflissener junger Weißkittel.

»Bis morgen!« Pia verabschiedete sich hastig, und Lennart blieb keine Zeit, ihr klarzumachen, dass hinter der Sache mit dem Bilderrahmen wesentlich mehr steckte als die ungeschickte Wahl eines Mitbringsels, das nichts als schreckliche Erinnerungen wachrief.

Am nächsten Morgen riss ein Anruf Pia aus dem Schlaf.

»Hast du's schon gelesen?!«

»Nele . . .?! Es ist halb sechs!«

»Jajaja, ich weiß! Egal! Bist du wach?«

»Nee, ich befinde mich mitten in 'nem fiesen Traum, in dem meine Schwester mich zu nachtschlafender Zeit . . .«

»Vergiss es! Guck in den *Leipziger Anzeiger!* Steht auch in der online-Version!«

Pia wälzte sich, das Handy am Ohr, stöhnend auf die andere Seite. »Hat das nicht Zeit, bis ich gefrühstückt habe?«, maulte sie.

»Mit Sicherheit nicht!« Am anderen Ende der Leitung hörte man das Klicken einer Computertastatur. »Ich schick dir den Link, okay?«

»Hey, wenn du bloß wieder mal 'n ultracooles Schnäppchen-Angebot von irgend 'ner Boutique für mich entdeckt hast . . .«

»Dafür schmeiß ich dich wohl kaum in aller Herrgottsfrühe aus dem Bett!«

»Ja!!! Hab's ja kapiert!«

Schlaftrunken machte Pia sich auf den Weg zu ihrem Laptop. »Was auch immer so irrsinnig wichtig sein soll: Danke fürs Bescheidsagen.«

Ein kurzer Klingelton kündigte das Eintreffen einer E-Mail an.

»Ist angekommen! Bye Schwesterherz!«

»Ruf mich zurück, sobald du's gelesen hast, ja?«

Die Pressenotiz war denkbar kurz; offenbar war die Nachricht erst kurz vor Redaktionsschluss eingetroffen.

»Verdächtiger im Fall Lennart P. flüchtig!«, lautete die Überschrift. Darunter stand in kleineren Lettern »Freundin belastet Jonas R. schwer«.

Auf einem Foto links daneben sah man Rebecca – wie immer ganz in Weiß – auf der Bank im heimischen Garten sitzen. Offenbar hatte sie noch am selben Abend bereitwillig für ein Interview zur Verfügung gestanden.

Erstaunlich: von ungewaschenen Haaren und Virusgrippe keine Spur . . .

»Rebecca M. schwieg tagelang«, hieß es in der Bildunterschrift.

Sie habe gewusst, dass Jonas einen Anschlag auf seinen Mitschüler geplant hatte, hieß es weiter. Und sie wurde mit einem theatralischen »Aber ich liebe ihn doch und wollte ihn nicht verraten!« zitiert.

Pia las die wenigen Zeilen wieder und wieder: Ja, sie sei dabei gewesen, als Jonas die Stahlseile und so weiter eingekauft habe. Aber er habe ihr versichert, dass nichts Ernstes passieren könne. »Er wollte Lennart P. doch nur erschrecken!«

Wie auf dem Schulhof letzten Winter . . . Alles keine Absicht . . .

Ist einfach so passiert . . . Wer einmal lügt . . .

Obwohl es warm im Zimmer war, begann Pia zu frösteln. Was war das für ein Mensch, in den sie sich noch vor nicht allzu langer Zeit Hals über Kopf verliebt hatte?

Die Sache auf dem Schulhof hätte ebenso mit schweren Verletzungen abgehen können. Oder sogar tödlich.

Warum hat das bloß keiner von uns sehen wollen?

»Bei Redaktionsschluss hieß es aus Polizeikreisen, der mutmaßliche Täter habe sich durch Flucht seiner Festnahme entzogen«, hieß es am Ende des Artikels.

Bevor Pia Nele zurückrufen konnte, klingelte erneut ihr Handy.

»Piiiiia!«

Auch das noch!

»Ich weiß, es ist viel zu früh für einen Anruf, aber ... bitte, kannst du nach der Schule herkommen? So um drei? Becky geht es nicht gut und ich hab einen Zahnarzttermin, den ich unmöglich absagen kann.«

»Aber ...«

»Du weißt doch, wie das ist: Wenn du da ein Mal nicht hingehst, dauert es wieder monatelang, bis du ...«

»Ja, ich weiß. Nur ...«

»Becky ist völlig am Boden zerstört. Und sie hat doch nur dich! Wir waren gestern bei der Polizei. Becky hat es einfach nicht mehr ausgehalten! Sie hatte panische Angst, dass Jonas versucht, ihr auch noch diesen schrecklichen Mordversuch anzuhängen. Das mit der Haarspange, die Jonas in den Pool geworfen hat, war ja schon schlimm genug ...«

Tja, so gehen kosmisch erleuchtete Super-Kids halt miteinander um, schoss es Pia durch den Kopf. Nur ihre gute Erziehung verhinderte, dass sie es laut sagte.

»Ich back euch Quarkkeulchen, und zu Mittag gibt's Gemüsepizza!«

»Frau Matussek, ich ...«

»Ich freu mich auch, Pia. Taaaaausend Dank!«

Klick. Aufgelegt.

Du gehst da einfach nicht hin und basta!, war Pias erster Gedanke. *Außerdem: Was soll Lennart denken, wenn ich am Nachmittag nicht bei ihm vorbeikomme?*

Dann ertappte sie sich dabei, in Gedanken den heutigen Stundenplan durchzugehen: *keine Klausuren. Latein Leistungskurs, Deutsch, Geschichte, zwei Stunden Kunst: alles problemlos zu Hause nachzuholen.*

Unten in der Küche hörte sich Barbara Canisius das Anliegen ihrer Tochter an und zuckte die Schultern. »Notfall. Ganz klar. Mach dir keine Gedanken, Mäuschen. Ich ruf um Punkt acht in der Schule an und sag, dass du heute nicht kommen kannst, weil du zu deinem kranken Freund . . .«

»Nein!!! Ich hab . . . Schnupfen!«

»Ach? Und der ist morgen wie von Zauberhand verschwunden?«

»Durchfall?«

»Unappetitlich.«

»Zahnschmerzen? Kopfschmerzen? Fuß verknackst?«

»Mäuschen, merk dir eins: Ein bisschen an der Wahrheit drehen, ist im Zweifelsfall 'ne wunderbare Sache. Kann ich als Anwältin nur bestätigen. Aber wenn's nicht unbedingt nötig ist, sollte man's lassen. Sonst muss man sich irgendwann zu viele erfundene Geschichten auf einmal merken. Das kann ins Auge gehen.«

»Aber wie steh ich denn da, wenn du was von Krankenbesuch erzählst? Wie Mutter Teresa!«

»Na und? Tu Gutes und sprich drüber! Davon lebt doch heutzutage die gesamte Promi-Riege!«

»Ich bin aber kein Pro. . .«

»Na gut! Ich hab's ja kapiert!«, unterbrach sie ihre Mutter. »Dann nennen wir's halt bakterielle Gastroenteritis. Klingt eindeutig weniger unappetitlich, und wenn jemand fragt, sagst du einfach, du hättest was Falsches gegessen.«

»Danke, Mama.«

»Keine Ursache, Mäuschen.«

Pia griff nach den Brötchen, während ihre Mutter ein pappkartonfarbiges Knäckebrot mit Magerquark bestrich und mit zwei hauchdünnen Gurkenscheiben garnierte.

»Wie lange willst du das noch durchziehen, Mama?«

»Lebenslänglich«, seufzte ihre Mutter. »Was sonst?«

13

Im Krankenhaus herrschte Hochbetrieb: Patienten wurden zum OP gebracht, andere wurden – blass und benommen – aus dem Aufwachraum zurück in ihre Zimmer gefahren, und in sämtlichen Gängen waren Schwestern und Pfleger mit Spritzen und Medikamenten unterwegs, während die Stationshelferinnen und -helfer lautstark die Frühstückstabletts einsammelten.

Kein Wunder, dass die Raucherbänke vor dem Haus überfüllt waren und die Cafeteria von Menschen in Morgenmänteln wimmelte: Wer aus eigener Kraft sein Zimmer verlassen konnte, entzog sich, wenn es irgend ging, der morgendlichen Rushhour.

Die Tür zu Lennarts Zimmer stand offen, und sein Bett war verschwunden. Ein Krankenpfleger hantierte an einem der Geräte.

»Oh Gott . . .« Pia schlug entsetzt die Hand vor den Mund.

Der Krankenpfleger fuhr erschrocken herum.

»'n Morgen!« brummte er, »wenn Sie zu Herrn Peters wollen . . .«

»Was ist denn passiert?! Warum ist er nicht hier?!«

Der Pfleger hob beschwichtigend die Hände. «Keine Panik, machen Sie sich keine Sorgen, alles kein Problem. Blablabla.«

»Was?!«

Der Pfleger zog eine selbstironische Grimasse. »Tut mir leid, ist für Sie mit Sicherheit nicht witzig«, seufzte er, »aber diese ewigen Abwiegeleien glaubt einem doch eh keiner. Na ja, Sie wissen ja, wie das ist: Datenschutz! Ich kann Ihnen nun mal keine weiteren Auskünfte . . .«

»Doch! Sie können!«, erklärte Pia mit fester Stimme. »Ich bin . . . die Verlobte von Herrn Peters!«

Ein bisschen an der Wahrheit drehen, ist im Zweifelsfall 'ne wunderbare Sache, hat Mama gesagt . . .

Der Krankenpfleger verkniff sich ein Grinsen. »Ah ja? Nee, is klar . . .«

Er wirkte nicht gerade überzeugt, aber immerhin war damit zumindest halbwegs den Vorschriften Genüge getan.

»Also?«

Der Pfleger zuckte die Achseln. »Genaues weiß ich leider auch noch nicht. Es hat irgend 'ne Komplikation gegeben. Synkope. Auch bekannt unter dem Namen Kreislaufkollaps.«

»Aber . . . wo ist Lennart denn jetzt?«

»Noch mal zur CT, so viel ich weiß.«

»Und was bedeutet das genau?«

Pias Hände hatten zu zittern begonnen und der Pfleger legte ihr erschrocken den Arm um die Schultern.

»Kein Grund zur Aufregung! Nichts Lebensbedrohliches! Ehrlich jetzt! Er muss sich über irgendwas fürchterlich aufgeregt haben.«

»Was? Wieso? Ich denke, hier sitzt ständig jemand hinter'm Fenster und kontrolliert alles!«

Der Pfleger zuckte die Achseln. »Keine Ahnung, was zu dem Zwischenfall geführt hat. Wissen *Sie*, was im Kopf von jemandem vor sich geht, der sich von jetzt auf gleich nicht mehr verständigen oder auch nur rühren kann? Vielleicht hat sein Cousin ihm ja irgendwelche gruseligen Räuberpistölchen erzählt . . .«

»Sein Cousin?!«

Pia schlug das Herz bis zum Hals: Bernhard Peters' Bruder war der einzige Verwandte! Und er hatte keine Kinder! Einen Cousin gab es definitiv nicht!

»Wie sah der denn aus, dieser . . . Cousin?«

Der Pfleger runzelte die Stirn, und Pias Gedanken rasten.

Wie bescheuert kann man denn noch sein, Pia? Was für eine dämliche Frage für eine Verlobte!

»Ich meine . . . oje . . .!« stotterte sie, »das . . . ähm . . . das hat er sicher nicht gewollt, der Cousin. War das etwa . . . sein Lieblingscousin? Der mit den langen schwarzen Locken?«

Der Pfleger zuckte die Achseln. »Kann sein. Glaub schon. Die Kollegin an der Info hat mit ihm gesprochen.«

Die Kollegin an der Info erinnerte sich gut. »Ach, Sie meinen den hübschen jungen Mann mit den Paul-Newman-Augen?«

Jonas!

Pia kritzelte »Hallo, Lennart! Ich komm heute später!« auf einen Zettel, ließ sich drei Mal versichern, dass ihm die Nachricht auch wirklich ausgerichtet werde, und ging zum Fahrstuhl.

Sie wusste, dass es im Grunde unsinnig war, aber zumindest den Versuch war es wert: Sobald sie das Haus verlassen hatte, wählte sie Jonas' Nummer.

Nichts. Keine Antwort.

Das heißt aller Wahrscheinlichkeit nach, dass die Polizei Jonas' iPhone geortet hat. Und wenn sie das iPhone haben, dann haben sie auch Jonas.

Pia war sich unsicher, ob das ein gutes oder schlechtes Zeichen war.

Als sie ihr eigenes Handy einstecken wollte, entdeckte sie, dass Nele angerufen hatte.

Sie simste »Melde mich später«.

Fast zeitgleich erreichte sie eine SMS von Fabian: »Ruf an, sobald du Zeit hast!«

»Fabian?«

»Weißt du's schon?«

»Meinst du das mit Jonas?«

»Ja. Du, ich bin fix und fertig, weil . . .«

»Moment mal!« Sie warf einen raschen Blick auf ihr Handy-Display. »Ich könnte kurz bei dir vorbeikommen. Bist du zu Hause?«

Eine gute halbe Stunde später saß sie in Fabians unaufgeräumter Wohnküche und starrte vor sich hinbrütend in ihre Teetasse.

»Wir hätten das alles verhindern können«, murmelte Fabian. »Wir hätten ihn da nicht hinschicken dürfen. Wo er doch selbst gesagt hat, dass Lennart Peters ein Ekelpaket ist.«

Pia schnappte empört nach Luft. »Aber . . . das stimmt doch überhaupt nicht!«

»Bloß weil er zu dir nett ist, heißt das noch lange nicht, dass er Jonas fair behandelt hat! Also: Woher willst du wissen, dass er ihn nicht bis aufs Blut getriezt und provoziert hat?«

Ich weiß es einfach, dachte Pia. Aber sie sprach es nicht aus.

Stattdessen sagte sie: »Fabi, hör auf, dir Vorwürfe zu machen. Ich glaub trotz allem nicht, dass Jonas Lennart damals absichtlich angefahren hat. Ich glaube, er wollte einfach mal sehen, wie weit er gehen kann.«

»Das macht es keinen Deut besser.«

»Nein. Aber es ist ja wohl ein Unterschied, ob jemand eiskalt einen Mordanschlag plant oder spontan irgendwelche Dummheiten macht. Die Sache auf dem Schulhof ist . . . einfach aus dem Ruder gelaufen. Und nachher hat es ihm leidgetan.«

»Ja. Das hat er jedenfalls behauptet. Und du glaubst ihm das nach wie vor? Nach allem, was passiert ist?«

Pia zuckte die Achseln. »Er war gestern im Krankenhaus. Jonas, mein ich. Vielleicht wollte er sich bei Lennart entschuldigen.«

»Pia, jetzt bleib aber mal auf'm Teppich! Wie soll denn das deiner Meinung nach abgegangen sein? Hallo, Lennart! Sorry, dass du, wenn du Pech hast, bis ans Lebensende gelähmt bleiben wirst, aber das Ganze war halt so 'ne Schnapsidee von mir und auf jeden Fall nicht böse gemeint!?«

Zu Fabians Schrecken brach Pia übergangslos in Tränen aus. »Ich ... ich weiß überhaupt nicht mehr, was ich denken soll«, schluchzte sie.

Fabian stand auf und schaute schweigend aus dem Küchenfenster. Er hätte Pia gern in den Arm genommen und getröstet, aber er wollte nicht, dass sie das vielleicht missverstand.

Er hatte so schon Ärger genug: Im Radio hatte ein Moderator sich mit Feuereifer darauf gestürzt, dass »neuerdings Jugendliche über Jugendliche zu Gericht sitzen« und »fatale Fehlurteile fällen« durften. Natürlich hagelte es dutzendweise Anrufe gleichermaßen empörter Hörer.

Wortlos riss Fabian ein Stück Haushaltspapier von der Küchenrolle und reichte es Pia.

»Er ... ich meine Jonas ... er hat sich ... mir gegenüber ... ehrlich gesagt ... nicht gerade toll verhalten«, brachte sie stockend hervor, »und ... und ... deshalb ...«

»Deshalb schämst du dich, wenn du irgendwas Böses von ihm denkst«, vollendete Fabian ihren Satz. »Weil du so was wie kleinliche Rachegedanken nicht in Ordnung findest.«

Pia nickte.

»Vergiss es, Pia. Das eine hat mit dem anderen nichts zu tun. Soweit ich die letzte Radiomeldung verstanden habe, ist mittlerweile erwiesen, dass Jonas die Stahlseile über den Reitweg gespannt hat. Außerdem: Wieso sollte er abhauen, wenn er unschuldig ist?«

»Ich weiß es nicht, Fabi!« Pia hob hilflos die Schultern. »Ich weiß überhaupt nicht mehr, was ich denken soll! In meinem Kopf ist ein riesiges Durcheinander.«

Die beiden tranken eine Zeit lang schweigend, jeder in seine eigenen Gedanken versunken, ihren Tee.

»Wieso bist'n du heut eigentlich nicht in der Schule?« fragte Fabian nach einer Weile.

»Krankenbesuche«, sagte Pia. »Gleich zwei.«

»Na, ist doch toll. Das lenkt dich wenigstens ein bisschen ab.«

Ach, Fabi, wenn du wüsstest . . .

Es war zehn vor drei, als Pia in Plaußig ankam.

Therese Matussek hatte bereits auf sie gewartet. Sie war sichtlich nervös und verzichtete Gott sei Dank auch diesmal auf das nervige »Piiiia«.

»Na endlich!«, stieß sie stattdessen hektisch hervor, als sie die Tür öffnete.

»Aber wir hatten doch Punkt drei ausgemacht!«

»Jaja, nur . . . ich bin immer gern ein paar Minuten vorher im Wartezimmer. Ich hab solche Angst vor'm Zahnarzt.«

Verstehe, dachte Pia schadenfroh, *da nützt auch deine tolle lila Aura nichts.*

In der Tür drehte Therese Matussek sich noch mal um. »Essen ist im Herd. Es kann eine Weile dauern. Du weißt ja: als Kassenpatientin . . .«

»Schon in Ordnung«, murmelte Pia genervt.

Selbst wenn es um einen Zahnarztbesuch ging, musste Rebeccas Mutter offenbar einen Riesenwirbel machen.

»Sei lieb zu Becky, ja? Und reg sie nicht auf! Und bitte nichts zu dieser schrecklichen Geschichte mit Jonas! Am besten sprichst du mit ihr über was ganz anderes! Oder lies ihr was Schönes vor!«

Jaja! Ich werd' schon auf dein kostbares Wunderkind aufpassen! Und wenn's ein Leben nach dem Tode gibt, bringt mir das mindestens achtundsiebzig Karmapunkte ein!

»Tschüss, Pialein!«

»Tschüss, Frau Matussek!«

Während Pia an Rebeccas Bett saß und ihr die verquasten Texte eines Geistes namens Aeraton vorlas – dem Coverbild zufolge »gechannelt« von einer auf Zwanzig operierten Rentnerin aus Illinois –, wurde Lennart Peters zurück in sein Krankenzimmer gefahren.

»Ach, übrigens: Ich soll dir ausrichten, dass sie noch mal wiederkommt«, sagte der Pfleger.

Lennart hob in einer fragenden Geste die Hand.

»Keine Ahnung, wie sie heißt. Deine Verlobte halt.«

Die Hand machte eine vage Bewegung und der Pfleger zog mit ironischem Grinsen eine Augenbraue hoch. »Kannst dich vor Verlobten nicht retten, was? Nicht die mit den Hippieklamotten. Die mit der schrillen Brille.«

Die Hand sank – wie der Pfleger fand: sichtlich erleichtert – auf die Bettdecke zurück, und in Lennart Peters' Gesicht deutete sich ein Lächeln an.

»Ihr seid die erhabenen Retter der Welt«, las Pia, »ihr seid zum Wohle des Planeten auf die Erde herabgestiegen und ihr seid von uns erleuchteten Dienern des göttlichen Willens unendlich geehrt und geliebt.«

Rebecca lag mit geschlossenen Augen im Bett und lauschte andächtig.

Pia war fassungslos. »Glaubst du wirklich, die himmlischen Heerscharen suchen sich 'ne botoxgespritze Seniorenbarbie als Sprachrohr, um die Menschheit zu retten?«, fragte sie.

»Auch Jesus wurde zu Lebzeiten verkannt.«

»Ich kenn mich in der Bibel nicht so aus, aber soviel ich weiß, hat der jedenfalls nicht seitenweise schwülstige Lobhudeleien auf seine Jünger losgelassen.«

»Aeraton sagt, dass viele Menschen uns missverstehen und anfeinden werden. Aber wir Perlenkinder erkennen einander.«

»So, wie du Jonas erkannt hast?!«

Pia biss sich auf die Lippen. Sie hatte Therese Matussek versprochen, Rebecca nicht aufzuregen. Aber sie konnte sich angesichts der Selbstbeweihräucherung, die diese Aeraton-Tussi seitenweise betrieb, einfach nicht zurückhalten.

»Du hast mir doch mit Absicht ausgerechnet dieses Buch zum Vorlesen gegeben, oder?«

»Vielleicht.«

»Und was versprichst du dir davon?«

»Vielleicht verstehst du uns Perlenkinder ja ein bisschen besser, wenn du ein paar Hintergründe erfährst.«

»Was denn für Hintergründe? Bis jetzt erfahr ich nur,

dass alle, die das, was die Tante hier von sich gibt, für bare Münze nehmen, von irgendwelchen interstellaren Superwesen dafür geradezu irrsinnig geliebt werden! Außerdem: Das Ding hier erscheint in Millionenauflage«, sie warf einen Blick in das Innere des Taschenbuchs, »seit fast zehn Jahren. Und? Ist die Welt seitdem auch nur einen Deut besser geworden?«

»Ich sag ja: Das verstehst du nicht, wenn du dich nicht ein bisschen mehr . . .«

»Nein, das verstehe ich nicht«, unterbrach sie Pia. »Aber wer auch nur über ein My gesunden Menschenverstand verfügt, braucht keine gechannelten Weisheiten wie: Frieden ist besser als Krieg! und: Wenn alle lieb zueinander sind, geht's allen besser! Das weiß man auch so!«

»Wahr ist es trotzdem.«

»Hast du nicht was anderes zum Vorlesen?«

»Och Pia, bitte-bitte-bitte!« Rebecca patschte in Kleinkindmanier bettelnd die Hände zusammen. »Es bringt mich auf andere Gedanken, weißt du?«

Pia war hin und her gerissen zwischen Widerwillen und Pflichtgefühl.

Schließlich siegte ihr Pflichtgefühl und sie griff seufzend erneut zu Aeratons kosmischen Durchsagen.

Okay. Ich hab's versprochen, und was man verspricht, muss man halten.

»Ihr seid die neue Macht!«, las sie weiter. »Bleibt in eurer Kraft und Macht nicht passiv! Überwindet die Grenzen eures Denkens, Fühlens und Handelns! Ihr seid die Träger des neuen Weltenbewusstseins!«

14

Wenige Kilometer weiter machte sich die Forstwirtschaftsstudentin Doris Kelle zusammen mit zwei Waldarbeitern auf, ihren allerersten Baum zu fällen.

Sie hatte die sogenannte Baum-Ansprache, das Anlegen des Fällkerbs und das Durchführen des Fällschnitts x-mal im entsprechenden Fachhochschul-Kurs geübt. Jetzt freute sie sich auf den ersten Live-Einsatz von Spalthammer und Kettensäge.

Flankiert von zwei Waldarbeitern stapfte sie erwartungsfroh und gut gelaunt durch das Unterholz.

Die feuerroten Helme und neongrünen Schutzklamotten der kleinen Truppe leuchteten weithin sichtbar durch das Unterholz.

»Wir sehen aus wie die Mannschaft von Apollo 13«, kicherte Doris.

»Oder wie die Teletubbies«, versetzte der jüngere ihrer beiden Begleiter und deutete lachend auf seine Ohrenschützer.

Jonas nahm die Gestalten auf der anderen Seite der Lichtung nur verschwommen wahr. Er stolperte in Richtung der mäandernden Farbflecke vorwärts, mühsam einen

Schritt vor den anderen setzend. Im Näherkommen hob er beide Arme, winkte und versuchte zu schreien.

»Dann leg mal los«, sagte der ältere der beiden Forstarbeiter und drückte Doris Kelle die Kettensäge in die Hand. Die drei klickten ihre Ohrenschützer an, sodass sie fest am Kopf lagen und sämtliche sie umgebenden Geräusche ausblendeten.

Aller Augen waren auf das fachgerechte Ansetzen des Sägeblatts und die Führung der schweren Maschine gerichtet.

Keiner der Beteiligten registrierte, dass in ihrem Rücken ein dunkelhaariger junger Mann auf sie zukam, taumelte, wieder und wieder in die Knie brach, sich jedes Mal mühsam wieder aufrichtete und schließlich mitten auf der Lichtung reglos liegen blieb.

Der Baum kippte im vorgeschriebenen Winkel nach vorn in die Kiefernschonung. Als er auf dem Boden aufschlug, schob Doris Kelle das Visier ihres Schutzhelms nach oben und drehte sich strahlend um.

Als ihr Blick auf das Kleiderbündel hinter ihren beiden Begleitern fiel, schrie sie entsetzt auf.

Die Köpfe der Waldarbeiter fuhren herum.

Nach einer Schrecksekunde rissen sich alle drei die Handschuhe von den Händen.

Der junge Mann lag mitten auf der Lichtung auf dem Rücken, die ungewöhnlich blauen Augen weit aufgerissen. Aus seinem Mundwinkel sickerte eine schaumige Flüssigkeit und seine Finger waren zusammengekrümmt wie Vogelklauen.

»Oh Gott, was ist denn mit dem passiert?!«
»Vielleicht so was wie 'n epileptischer Anfall oder so!«
»Kein Puls!«
»Wir müssen was tun!!!«
»Ich ruf 'n Rettungswagen!«
Irgendwo hatte Doris Kelle gelesen, dass man Herzmassagen im Rhythmus eines bekannten Schlagers machen sollte. Sie kramte fieberhaft in ihrem Gedächtnis: Irgendwas, das makabererweise genau zur Situation passte.

Dann fiel es ihr ein. »Bee Gees. Stayin' Alive . . .«, murmelte sie.

Sie hielt den Rhythmus durch: dreimal pressen, zweimal Pause: »Stayin' alive, stayin' alive«, pressen, pressen, pressen . . .

Als die Sanitäter eintrafen, zogen sie sie mit sanfter Gewalt zurück.

»Jetzt lassen Sie uns mal machen«, sagte der eine.

»Mein Gott, der ist ja noch keine zwanzig«, murmelte sein Kollege.

Als Pia das zweite Kapitel aus dem Buch *Perlen-Kinder: Boten des Lichts* vorgelesen hatte, stellte sie fest, dass Rebecca tief und fest eingeschlafen war.

Erleichtert klappte sie das Buch – eine Art Gebrauchsanweisung für irisierende Wunderkinder – zu und stand auf. Dabei knackte es hörbar in ihrer Wirbelsäule.

«Autsch!«, kommentierte sie den Schmerz in ihrem Nacken.

Sie hatte in den letzten anderthalb Stunden offenbar total verkrampft auf der Bettkante gesessen.

Na ja. Wenn man diesen Schwachsinn liest, wundert einen gar nichts mehr . . .

»Lasst sie gewähren!«, hieß es in dem Buch. Und: ». . . die Perlenkinder werden euch knallhart vor Augen führen, auf was für einer niedrigen spirituellen Stufe ihr alle noch steht!«

Der Autor war auf dem Buchumschlag abgebildet. Er trug ein Hawaiihemd und erinnerte stark an einen Ferienklub-Animateur.

Seine Texte allerdings strotzten nur so von Warnungen, Drohungen und üblen Prophezeiungen für den Fall, dass man den Perlenkindern nicht schon von der Wiege an ihren Willen ließ. Und sollte der unspirituelle Rest der Welt – zum Beispiel in Gestalt von Lehrern und Mitschülern – sich wagen, irgendetwas kritisch anzumerken – zum Beispiel mangelnden Leistungswillen oder unsoziales Verhalten –, dann sei das lediglich ein Zeichen mangelnder Erleuchtung.

Natürlich aufseiten der nicht-irisierenden Normalos!

Pia feuerte das Buch in ein halb leeres Regalfach, ging hinunter ins Parterre und machte sich heißhungrig über die frisch gebackenen Quarkkeulchen her.

Der Kaffee war nur noch lauwarm, aber er erfüllte seinen Zweck.

Wieder einigermaßen wach und aufnahmefähig rief Pia endlich – wie versprochen – bei Nele an.

»Sorry, dass ich mich nicht gemeldet habe, aber ich bin hier bei Rebecca . . .«

»Ja, hab ich gehört. Von Mama. Sag mal, tickst du nicht richtig?!«

»Na jaaa. Es geht ihr natürlich beschissen nach allem, was in den letzten Tagen abgelaufen ist.«

»Ja und? Ich denke, sie ist so 'ne Art Engelchen from outer space. Da hat sie doch bestimmt 'ne Menge irisierender Freunde und Helferlein, die ihr zur Seite stehen.«

»Quatsch! Du weißt genau, dass das alles Hokuspokus ist! Und damit, sich als 'ne Art Heilige hinzustellen, macht man sich nun mal keine Freunde.«

»Und wieso bist *du* dann für die Tussi zuständig? Erst jaulst du mir monatelang vor, dass sie dir mitsamt ihrer abgedrehten Mutter schwerstens auf die Nerven geht, und dann machst du plötzlich einen auf beste Freundin?!«

»Immerhin hab ich auf die Weise 'n bisschen was rausgefunden. Ich meine: so langsam wird mir klar, warum Rebecca so ist, wie sie ist.«

»Na prima! Da sind wir jetzt aber alle total gespannt! Würde verzogen, eitel, überdreht und völlig ich-bezogen die Sache vielleicht einigermaßen gut umschreiben?«

»Na jaa . . .«

»Toll! Dann kann ich dich jetzt ja bei der abgedrehten Zaubermaus zu Hause abholen, oder?«

»Wow, echt?« Pia machte einen regelrechten Luftsprung, »Das würdest du wirklich tun?«

»Na ja, Mama hat gesagt, du wolltest heute auch noch mal ins Krankenhaus zu deinem neuen Lover . . .«

»Neuer Lover? Spinnst du? Wie kommst du denn darauf?!«

»Lover oder nicht: Anschauen kostet nichts, oder?«

»Nele, du bist unmöglich!«

»Ich weiß. Wann soll ich kommen?«

Auf der Küchenuhr war es halb sechs. »Rebeccas Mutter müsste jeden Moment hier sein.«

»Okay. Bis gleich.«

Wenig später kam Therese Matussek nach Hause. Sie wirkte angeschlagen und bedankte sich ungewohnt kühl.

»Rebecca schläft«, sagte Pia. »Gegessen hat sie nichts. Wenn sie aufwacht, wird sie Hunger haben.«

»Ja. Danke noch mal«, murmelte Therese Matussek und öffnete die Haustür.

»Ein paar Minuten noch. Meine Schwester holt mich mit dem Auto ab.« Pia war die offensichtliche Aufforderung zu gehen peinlich.

»Ach so.«

Rebeccas Mutter ließ die Tür wieder ins Schloss fallen und lächelte entschuldigend, aber ihre Augen wirkten leer.

Dann ging sie in die Küche, griff nach einem kalten Stück Gemüsepizza und kaute mit abwesendem Gesichtsausdruck darauf herum.

Trotz aller Antipathie konnte Pia sich eines gewissen Mitgefühls nicht erwehren.

Eine so lange Behandlung und dann ganz offensichtlich auch noch ohne Betäubung? Da wär ich auch fix und fertig.

Wenig später kämpfte Nele sich stöhnend und fluchend durch den Feierabendverkehr.

»Na komm, Sis, jetzt rück schon raus mit der Sprache!

Du schwingst dich doch um diese Tageszeit nicht ohne Grund hinter's Steuer! Und erst recht nicht, nur um deine kleine Schwester herumzukutschieren.«

»Vielleicht seh ich zu viel fern.«

»Was?«

»Na, ist dir denn nicht klar, dass dein Lennart . . .«

»Das ist nicht *mein* Lennart!«

»Egal! Ist dir denn nicht klar, dass er für den oder die, die ihm das angetan haben, so was wie 'ne tickende Zeitbombe ist? Was glaubst du, was passiert, wenn er nach und nach wieder sprechen und sich bewegen lernt? Was ist, wenn er weiß, wer ihm das angetan hat?«

Pia schluckte. »Du meinst: Jonas . . .?« An so was hatte sie noch gar nicht gedacht. »Na ja . . . Jonas war in der Klinik«, gab sie zögernd zu. »Und anschließend ging es Lennart schlecht.«

»Na, siehst du! Mensch, Pia, es geht nicht nur um deinen neuen Freund!«

»Er ist nicht mein neuer . . .«

»Ist mir egal, wie du das nennst, aber im Moment bist du so was wie Lennart Peters' engste Vertraute. Das heißt, du musst *auch* auf *dich* aufpassen! Vielleicht hat Jonas erst mal nur checken wollen, wie's Lennart geht. Aber je mehr Fortschritte dein Lennart macht, desto größer wird die Gefahr, dass er gegen ihn aussagt! Und sei es nur über irgendwelche komischen Kommunikationstricks, die ihr beide euch ausgedacht habt. Die sollen 'n Auge auf euch beide haben da in der Klinik. Ich red' mal mit der Stationsschwester.«

»Wieso sollte die auf dich hören?«

»Weil ich im Unterschied zu dir das Juristen-Gen in unserer Familie geerbt habe!«

Als Pia mit Nele im Schlepptau das Krankenzimmer betrat, hob Lennart grüßend die Hand. Dann wandte er langsam und sehr vorsichtig den Kopf und lächelte die beiden an.

Alles wird gut, dachte Pia. *Jetzt wird alles gut!*

Sie konnte nicht wissen, dass zur selben Zeit, nur wenige Meter entfernt, ein Ärzteteam um Jonas' Leben kämpfte.

Vergeblich.

»Es war also eindeutig Selbstmord?«

»Das heißt, Sie schließen Fremdverschulden aus?«

Kommissar Böhnisch versuchte, die Fragen der Presseleute so gut es ging abzuwiegeln. »Meine Damen und Herren, bitte haben Sie Verständnis dafür, dass wir das erst zweifelsfrei feststellen können, wenn die Ermittlungen abgeschlossen sind. Wir werden Sie zu gegebener Zeit über alles unterrichten!«

Die versammelten Reporter ließen sich davon nicht einschüchtern.

»Gibt es einen Abschiedsbrief?«

»Werten Sie die Tat als Geständnis in dieser Reitwegs-Geschichte?«

Böhnisch wechselte einen stummen Verzweiflungsblick mit seiner Kollegin.

»Leute, nun mal langsam«, sprang Kommissarin Junghans ihm zur Seite, »wir werten hier erst einmal gar nichts! Okay?«

»Aber: Jugendliche Selbstmörder hinterlassen doch immer Abschiedsbriefe!«

»Hat der Junge darin den Anschlag gestanden?«

»Hat er sich vielleicht aus Reue und schlechtem Gewissen umgebracht?«

Einige schienen geradezu begeistert von der Aussicht, dass die Sache mit dem Mordanschlag auf Lennart Peters dank der neusten Entwicklungen nun doch nicht auf Seite drei abrutschen würde. Wahrscheinlich sahen sie im Geiste schon die neuen Schlagzeilen: »Überraschende Wendung im Fall Lennart P.! Jugendlicher Tatverdächtiger nimmt sich das Leben!«

Doch Böhnisch und seine Kollegin hielten sich mit weiteren Informationen eisern zurück. Sie waren selbst verunsichert. Dass es keinen Abschiedsbrief gab, war nicht das einzig Irritierende.

»Entweder es war eine Aneinanderreihung unglücklicher Zufälle oder der Junge muss über profunde pharmakologische Kenntnisse verfügt haben, um so einen tödlichen Mix zusammenzustellen«, hatte einer der Ärzte gesagt. »Barbiturate, Blutgerinnungs- und Schmerzmittel? Wie ist er überhaupt da rangekommen?«

Wie es aussah, musste Jonas sich unmittelbar im Anschluss an die Zeugenvernehmung in einer Jagdhütte versteckt haben, nur wenige Meter entfernt von der Lichtung, auf der er schließlich zusammengebrochen war.

Im Kamin lagen die verkohlten Trümmer von Laptop und Handy und auf dem Tisch hatten sich Medikamentenreste und eine Thermoskanne mit Kaffee gefunden, in der er den tödlichen Cocktail aufgelöst hatte. Daneben stand eine fast leere Flasche Wodka, unter der – wie ein makaberes Schuldgeständnis – der Kaufbeleg einer Baumarktkette eingeklemmt war: Drahtseil, Karabinerhaken, Handbohrer.

»Mein Gott, der Junge war gerade mal siebzehn . . .«, murmelte Kommissarin Junghans, als sie mit Böhnisch zusammen das Büro betrat.

»In dem Alter hat unsereins Jerry-Cotton-Heftchen gesammelt und sonntags *Der Kommissar* geguckt. Das war alles an krimineller Energie«, seufzte Böhnisch und sehnte sich einmal mehr nach seiner Pensionierung. Das Erschütterndste war, dass der Junge noch mal wach geworden war und seinen Entschluss dann offenbar bereut hatte.

»Die Dinge fangen an, mir aufs Gemüt zu schlagen«, brummte er, »und das ist gar nicht gut.«

15

Pia gab der Venusfliegenfalle ein paar Tropfen Regenwasser und entfernte die verblühten Stängel des Sonnentau.

Es war das erste Mal, dass Lennarts Mutter sie in das Zimmer über der Garage begleitete.

Sie ließ sich von Pia die ein oder andere Eigenart der verschiedenen Pflanzen erklären, aber ihr nervöser Griff nach dem Zigarettenpäckchen ließ erkennen, dass das nicht der Grund für ihre Anwesenheit war. Offenbar hatte Tamara Peters etwas auf dem Herzen.

»Meinen Sie, wir sollten es ihm sagen?«, fragte sie schließlich befangen.

»Das mit Jonas' Selbstmord?«

Tamara Peters nickte. »Mein Mann und ich haben hin und her überlegt, was wohl das Beste wäre. Aufregung tut Lennart im Moment überhaupt nicht gut. Andererseits: Vielleicht ist es ja für ihn eine Erleichterung zu hören, dass der, der ihm das angetan hat, nicht damit leben konnte.« Sie hob in einer hilflosen Geste die Hände. »Ich weiß einfach nicht, was richtig ist! Sehen Sie, Pia, wir kennen unseren eigenen Sohn viel weniger, als wir dachten. Komisch, dass uns das erst auffällt, nachdem er beinahe . . .«

Sie ließ den Rest des Satzes in der Luft hängen und kämpfte vergeblich gegen die aufsteigenden Tränen.

Pia wusste auch so, was gemeint war. »Frau Peters, ich . . .«

». . . Mara. Eigentlich Tamara. Nach Tamara Jagellovsk. Raumpatrouille. Meine Eltern haben Westfernsehen geguckt.«

»Aha . . .?« Pia hatte keine Ahnung, wovon die Rede war.

»War so 'ne Kosmonautenserie. Als es im Westen schon zwei Sender gab und im Osten nur den einen.«

Tamara Peters lächelte, und Pia war froh, dass das kleine Geplänkel dafür gesorgt hatte, dass ihr Tränenfluss versiegte. »Hier auf dem Hof sagen jedenfalls alle Mara und *Du.«*

»Okay, Mara . . .« Pia stockte. Eigentlich wollte sie Tamara Peters sagen, dass sie im Grunde gar nichts über Lennart wusste. Dass sie vor seinem Unfall nur zweimal kurz mit ihm gesprochen hatte. Und danach . . .

Trotzdem kommt es mir so vor, als ob wir uns schon ewig kennen.

»Was ich sagen wollte«, setzte Pia, verwirrt von den eigenen Gedanken, erneut an, »wir wissen im Moment doch eigentlich noch nichts Genaues. Nur das, was in der Zeitung steht. Vielleicht hat sich Rebecca Matussek ja einfach nur ein bisschen interessant machen wollen. Vielleicht hat sie ja nur 'ne Show abgezogen, um im Mittelpunkt zu stehen. Vielleicht hat sie Dinge erzählt, die gar nicht stimmen.«

»Kann sein. Vielleicht.« Lennarts Mutter klang nicht überzeugt. »Aber warum hätte der Junge sich umbringen sollen, wenn er unschuldig ist? Das macht doch überhaupt keinen Sinn.«

Pia zweifelte selbst an ihren Worten. Aber ihr war jeder Strohhalm recht, an den sie sich klammern konnte, um Jonas' Schuld zumindest so lange infrage zu stellen, bis der Fall offiziell abgeschlossen war.

»Und was ist mit diesen Alsfelds? In der Zeitung stand . . .«

»Ach was!« Tamara Peters winkte ab und schüttelte den Kopf, »dummes Journalistengeschwätz! Die von Alsfelds sind steinreich. Und ein Verkauf hätte womöglich ein Vielfaches von dem gebracht, was die Versicherung für Finesse zahlen muss. Ganz zu schweigen von einem Fohlen.«

»Ganz ehrlich, Mara, ich kann mir nicht vorstellen, dass Lennart so was wie Genugtuung oder sogar Freude dabei empfinden würde zu erfahren, dass Jonas tot ist.«

Tamara Peters nickte stumm.

»Ich auch nicht«, sagte sie nach einer Weile. »Ich stell mir vor, wie Jonas' Eltern zumute sein muss. Es ist schlimm genug, wenn man plötzlich feststellen muss, was man alles versäumt hat, wenn . . .«, sie schluckte und drohte erneut in Tränen auszubrechen, ». . . wenn so was wie mit Lennart passiert. Aber nichts mehr tun können, nichts mehr sagen können und nichts wiedergutmachen können? Furchtbar.«

»Ja«, sagte Pia.

Sie dachte daran, wie es hätte sein können mit Jonas.

Sie stellte sich vor, dass alles vielleicht ganz anders gekommen wäre, wenn sie um ihn gekämpft hätte.

Aber wie kämpft man um einen Menschen? Und wie weit muss man dabei gehen?

War es richtig, sich einfach wehtun zu lassen? Sich einfach wie ein beliebiges Spielzeug beiseiteschieben zu lassen?

Klar kann sich der, den man liebt, in jemand anderes verlieben. Aber das heißt noch lange nicht, dass er sich deswegen mies verhalten muss.

»Nichts wiedergutmachen können . . .«

Jonas würde für nichts, was er getan hatte, jemals um Verzeihung bitten können.

Tamara Peters riss sie aus ihren Gedanken.

»Du hast recht, Pia. Es ist besser, wenn wir Lennart nichts von alldem sagen. Bis es ihm wieder besser geht.«

Pia nickte. »Seh ich genauso.«

»Ey, Alda! Post für dich!«, trompetete Mario Holldack und schwenkte einen braunen Din-A5-Umschlag über seinem Kopf, als handle es sich um eine Trophäe.

Die zweite Zeile auf seinem Namensschildchen wies ihn als Auszubildenden im Bereich Krankenpflege aus.

»Kein Absender . . .« Er betastete den Inhalt. ». . . aber dicker als 'n Liebesbrief! Soll ich mal aufmachen?«

Er wartete nicht ab, ob und wie Lennart auf seine Frage reagieren würde. Neugierig öffnete er den Umschlag und schüttete seinen Inhalt auf den Nachttisch.

»Wie doof . . .« Sichtlich enttäuscht blätterte Mario Holldack durch die Zeitungsausschnitte und murmelte die entsprechenden Schlagzeilen vor sich hin: »Reitermörder: War es Selbstmord? Mutmaßlicher Täter tot aufgefunden! Forststudentin Doris K. kämpfte verzweifelt um sein Leben.« Er warf einen raschen Blick auf das entsprechende Foto. »Coole Braut«, konstatierte er, »aber 'n echt abartiges Outfit.«

Dann runzelte er die Stirn und studierte die Rückseiten der Zeitungsausschnitte. Aber auch dort fand sich nichts Interessantes. »Ey, Alda, wer schickt dir denn so was Schnarchblödes?«

Als er sich endlich Lennart Peters zuwandte, ließ ihn sein Anblick reflexartig den Umschlag mitsamt seinem Inhalt an sich reißen und fluchtartig das Zimmer verlassen.

»Schnell! Jemand auf Zimmer 213!«, brüllte er, »der Typ atmet nicht mehr!«

Dann rannte er zur Besuchertoilette und ließ die unheilvollen Zeitungsausschnitte in der Hygienebox der Damentoilette verschwinden. Den Umschlag zerriss er in kleine Stückchen und spülte sie im Herrenklo herunter. Sie kamen immer wieder hoch, und selbst nachdem er mit der Bürste nachgeholfen hatte, dauerte es eine Ewigkeit, bis endlich auch der letzte Schnipsel verschwunden war.

Mario Holldack war zufrieden.

Er hatte lange gebraucht, bis er eine Lehrstelle gefunden hatte, und die Arbeit im Krankenhaus machte ihm Spaß. Warum sollte er das Ganze wegen ein bisschen Neugierde aufs Spiel setzen? Sie würden das womöglich sogar aufbauschen, von wegen Verletzung des Postgeheimnisses und so weiter.

Den Rest seines schlechten Gewissens beruhigte er damit, dass der Absender keine persönliche Nachricht dazugelegt hatte: So wichtig konnte der Inhalt also nicht sein!

Über den Grund für Lennart Peters' extreme Reaktion machte er sich keine weiteren Gedanken. Der Name »Jonas R.«, um den es in den Zeitungsartikeln ging, sagte ihm gar nichts.

Und wer auch immer Lennart die Artikel geschickt hatte, konnte ihm eigentlich sogar dankbar für die Vernichtungsaktion sein: Immerhin hatte er damit verhindert, dass man den Absender wegen des verheerenden Effekts, den sein anonymer Brief hatte, zur Verantwortung zog.

Es gab keine Beerdigung. Jonas würde eingeäschert werden.

». . . die Sargfeier findet in der Trauerhalle West auf dem Südfriedhof, Friedhofsweg 3 statt.«

Nele setzte sich neben Pia auf die Rückbank und Pia hielt dankbar die Hand ihrer ungewöhnlich schweigsamen Schwester umklammert, während Christian den Porsche durch den morgendlichen Berufsverkehr dirigierte.

Die beiden hatten sich sofort bereit erklärt, Pia zu begleiten.

Es war ein strahlend sonniger Tag.

Nur im Fernsehen regnet es immer auf Friedhöfen . . .

Vergeblich versuchte Pia, das Bild von Jonas zu verscheuchen: Wie er da gestanden hatte an ihrem ersten Abend, den Kopf leicht zur Seite geneigt.

»Na?«, hatte er gesagt. Mehr nicht. Und augenblicklich waren ihre Knie weich geworden und ihr Herz hatte sich angefühlt wie eine glühend heiße, rotierende Kugel.

»Bestimmt wäre alles ganz anders gekommen, wenn . . .«, hörte sie sich sagen.

»Nicht drüber nachdenken«, sagte Nele und legte ihr den Arm um die Schultern. »Jedenfalls nicht jetzt.«

Während ein Angestellter des Bestattungsinstituts letzte Hand an das Blumenarrangement auf dem Sarg legte, trafen die ersten Trauergäste auf dem Parkplatz ein.

»Perfekt!« Rebecca drehte sich zufrieden vor dem Spiegel in ihrem Zimmer. Sie hatte sich für das Engelsgewand entschieden, das sie bei ihrem ersten Besuch auf dem Petershof getragen hatte. Lennart Peters hatte es nicht gemocht, Jonas dafür umso mehr. Verzückt sog sie den Geruch der dünnen weißen Baumwolle ein. Das Kleid war frisch gewaschen und duftete herrlich.

Als sie in die Küche hinunterkam, saß ihre Mutter im Bademantel am Tisch und rührte abwesend in ihrer Kaffeetasse.

»Jetzt mach schon! Ich will nicht, dass wir zu spät kommen.«

»Becky, lass mich doch! Warum muss ich da hin?«

»Weil es besser aussieht, wenn du mitkommst.«

»Wen interessiert das schon?«

»Mich.«

»Aber . . .«

»Nichts *aber.«* Rebecca Matussek nahm ihrer Mutter die Tasse aus der Hand und schüttete den Inhalt in den Ausguss. »So. Und jetzt mach schon!«

»Beckylein, erspar mir das doch bitte!«, flehte Therese Matussek, »ich kann dich ja gern hinfahren, aber mit rein muss ich doch nicht!«

Rebecca zog ihre Mutter von der Küchenbank hoch und starrte ihr in die Augen, als wollte sie sie hypnotisieren. »Du wirst dich jetzt anziehen, okay? Und du wirst dich zusammenreißen! Verstanden?«

Therese Matussek nickte matt und ihre Tochter ließ sie los.

»Ich hab dir das kurzärmelige Kleid mit der dunklen Jacke rausgehängt. In zehn Minuten fahren wir.«

Die Kapellenanlage auf dem Südfriedhof glich von außen einer mittelalterlichen Burg mit Säulengang, Türmen und goldenen Dachreitern.

Wunderschön, dachte Pia, *beinahe romantisch. Wenn die zwei schrecklichen Dinger da nicht wären.*

Die an Fabrikschornsteine erinnernden Kamine gehörten zum Krematorium; dem Ort, an den Jonas' Sarg im Anschluss an die Trauerfeier gebracht werden würde.

Pia ging, flankiert von Nele und Christian, vom Nordtor aus auf die Kapellenanlage zu: Ein breiter, gepflasterter Doppelweg mit einer Unzahl einheitlicher, rotbrauner Gedenksteine. An seinem hinteren Ende hob eine Bronzeplastik anklagend den Arm und auf dem Mittelbeet wuchsen Rosen.

Christian machte eine ausholende Geste. »Der ehemalige Sozialistische Ehrenhain!«

Dann deutete er auf ein Reihe kleiner Bäumchen, die sich den Namen »Allee« noch verdienen musste. »Tja ... noch kurz vor der Wende haben sie die schönen, alten Linden hier gefällt und alles plattgemacht, um Platz für ihre Großkundgebungen zu haben.«

Nele schüttelte den Kopf. »Tz. Was man sich als Toter so alles gefallen lassen muss ...«

In der Trauerhalle gab es keine kirchlichen Symbole und keine Kränze. Auf dem metallisch glänzenden Sarg – weiß und schmucklos – lag ein Gesteck aus Efeu, Lilien und blassgelben Gerbera.

Pia konnte sich einfach nicht vorstellen, dass Jonas da vorn in diesem Kasten lag, und im Grunde wollte sie das auch gar nicht.

Anstelle eines christlichen Rituals hielt ein bärtiger Mittvierziger die Totenrede, und statt der Bibel wurde Richard von Weizsäcker zitiert: »Wenn Jugendliche zu Brandstiftern und Mördern werden, dann liegt die Schuld nicht allein bei ihnen, sondern bei uns allen, die Einfluss auf Erziehung haben: bei den Familien und Schulen, den Vereinen und Gemeinden, bei uns Politikern.«

»Na toll. Da macht es sich einer ganz schön leicht«, flüsterte Nele.

Christian zuckte die Achseln. »Ist halt einfacher, 'n Promi zu zitieren, als sich eigene Gedanken zu machen.«

Pia ließ ihren Blick über die Anwesenden schweifen. Viele waren nicht gekommen: Ein paar Bekannte und Nachbarn – vielleicht waren auch ein, zwei Lehrer darunter – und nicht mehr als eine Handvoll gleichaltriger Mitschüler.

Jonas' Eltern saßen in der ersten Reihe. Der Vorwurf, der in den Worten des Totenredners lag, ging offenbar an ihnen vorbei: Jonas' Mutter – sehr elegant, mit großem schwarzem Hut – hielt den Blick bewegungslos auf das Sträußchen weißer Rosen in ihren Händen gerichtet und Jonas' Vater hatte den Arm um eine alte Dame zu seiner Rechten gelegt. Sie weinte bitterlich.

Offenbar Jonas' Großmutter.

»... unverstanden und einsam, vergeblich auf der Suche nach Freundschaft, Liebe und Zuneigung ...«, hörte Pia den Redner sagen. Augenblicklich verspürte sie ein schwer zu zügelndes Verlangen, aufzuspringen und lauthals »Was reden Sie denn da für einen Unsinn?!« zu rufen.

Jonas war weder einsam noch unverstanden noch ungeliebt! Es muss doch irgendeine bessere Erklärung geben für das, was er getan hat!

Nele griff nach Pias Hand und hielt sie wie in einem Schraubstock gefangen; so, als habe sie ihre Gedanken erraten. »Der will sich einfach nur Stress ersparen«, wisperte sie. »Die alten Griechen haben geglaubt, die Toten könnten sich irgendwie rächen, wenn man was Schlechtes über sie sagt.«

»Es waren die Römer«, korrigierte Christian, »de mortuis nil nisi bene.«

»Egal.« Nele zuckte die Achseln. »Der Typ da vorne ist einfach nur ätzend.«

Mitten in die von Klischees und leeren Phrasen nur

so strotzende Rede platzten zwei weitere Trauergäste: Rebecca, wie immer ganz in Weiß, ein Kränzchen Vergissmeinnicht in den Händen, und ihre Mutter in Dunkelviolett und mit Sonnenbrille.

Der Redner räusperte sich und wartete, bis die beiden Platz genommen hatten. Als er ». . . nehmen wir in tiefer Trauer Abschied von Jonas Romeike . . .« sagte, schluchzte Therese Matussek hörbar auf.

Beim Verlassen der Kapelle sprachen nur wenige der Anwesenden den Romeikes ihr Beileid aus. Rebecca ließ es sich nicht nehmen, Jonas' Eltern empathisch zu umarmen.

Ein Pressefotograf hielt sich diskret im Hintergrund und machte Fotos.

Pia beschränkte sich auf einen kurzen Händedruck und stürmte zum Parkplatz.

Als Christian, den Friedhof und das Völkerschlachtdenkmal hinter sich lassend, in Richtung Innenstadt preschte, legte Pia erschöpft die Stirn ans Wagenfenster, und während die Bilder dieses geradezu unbändig schönen Sommertags an ihr vorbeizogen, lösten sich endlich die ungeweinten Tränen.

16

Eines der Fotos vor dem Krematorium erschien am nächsten Tag im Leipziger Anzeiger: »Selbsttötung gibt nach wie vor Rätsel auf . . .«, hieß es – nicht gerade pietätvoll – im dazu gehörigen Artikel, ». . . obwohl der tödliche Giftcocktail dem Siebzehnjährigen zweifelsfrei nicht gewaltsam eingeflößt wurde.«

Ein kleineres Foto zeigte das Innere jener Jagdhütte, in der Jonas sich versteckt gehalten hatte.

Die Einrichtung stammte eindeutig aus den Sechzigerjahren: Ein abgewetzter Cocktailsessel mit Schottenkaro-Bezug, davor ein Couchtisch, auf dem sich eine Schnapsflasche und eine bauchige Thermoskanne befanden. Jonas' Rucksack lag geöffnet daneben und seine Samtjacke lag vor dem Tisch auf dem Fußboden.

Irgendetwas irritierte Pia an dem Bild, aber sie konnte sich nicht erklären, was es war.

»Die Frage nach der Herkunft der Medikamente sei nach wie vor offen, erklärte Kommissar B. von der hiesigen Mordkommission.«

Pia überlegte stundenlang, ob Jonas sich vielleicht bei seinem Besuch in der Klinik die tödlichen Tabletten besorgt hatte; womöglich einfach wahllos von den Nachttischen gestohlen. Vielleicht hatte er Lennart sogar von seinen Selbstmordplänen erzählt und Lennart hatte das Ganze hilflos geschehen lassen müssen.

Andererseits . . . Das hätte er mir doch irgendwie zu signalisieren versucht.

Aus Angst vor einem neuerlichen Rückschlag verwarf Pia den Gedanken, Lennart auf Jonas' Besuch hin anzusprechen, und nach reiflicher Überlegung war sie davon überzeugt, dass das mit dem Medikamentendiebstahl nur ein Hirngespinst war. Und ansonsten war Jonas' Auftauchen in der Klinik für die Polizei ja nicht von Bedeutung. Jedenfalls nicht für die Ermittlungen, die Jonas' Todesumstände betrafen.

Cum mortuis larvae luctantur. Lasst die Toten ruhen.

Am Ende verwarf sie den Gedanken, zur Polizei zu gehen.

Ein paar Tage später fand die nächste Teen-Court-Sitzung statt. Katja, Laura, Patrick und Marlon waren ebenso gedrückter Stimmung wie Fabian.

»Mensch, das hat doch keiner ahnen können . . .«, versuchte Laura Marlon zu trösten.

»Trotzdem! Ich bin auf die Idee mit dem Stalldienst gekommen! Und wenn das nicht gewesen wäre . . .«

». . . dann hätte Jonas sich auf irgendeine andere Art an Lennart Peters gerächt!«

»Wie geht's denn deiner Freundin mit der ganzen Sache?«, fragte Fabian.

»Welcher Freundin?«

»Na, du hast doch gesagt, Jonas wär der Lover von deiner Nachhilfeschülerin.«

»Deshalb ist sie noch lange nicht meine Freundin! Aber wie soll's ihr schon gehen, nach all dem, was passiert ist? Und ich glaube, ihre Mutter macht das Ganze noch schlimmer.«

»Was? Wieso das denn?«

»Ich weiß nicht, aber die Frau ist irgendwie nicht ganz richtig im Kopf! Manchmal tut sie mir leid und manchmal könnt ich sie umbr. . .« Pia unterbrach sich erschrocken.

»Aber hallo!« Patrick sah verblüfft von seiner Zigarettendrehmaschine auf. »Was hegst denn *du* neuerdings für finstere Gedanken?«

»Na ja«, druckste Pia herum. »Die kriegt mich immer wieder dazu, Dinge zu tun, die ich eigentlich gar nicht tun möchte.«

Patrick kicherte. »Das ist doch bei allen Frauen so.«

»Ja. Und da kannst gerade *du* echt froh drüber sein!«, versetzte Laura und verpasste ihm einen spielerischen Nackenschlag.

Fabian war der Einzige, den das Thema ernsthaft zu interessieren schien. »Wieso?«, fragte er, »was ist denn mit der Frau?«

»Na jaaa . . .«, Pia verzog das Gesicht zu einer genervten Grimasse, »manchmal geht es mir auf den Keks, dass meine Eltern ständig nur jobmäßig unterwegs sind. Aber so was wie Rebeccas Mutter möcht ich trotzdem nicht geschenkt haben! Die gluckt tagein, tagaus immer nur mit ihrer Tochter zusammen. Früher hat sie wohl mal als Pflegerin gearbeitet oder so. Aber jetzt hockt sie den ganzen Tag zu Hause, liest Bücher von irgendwelchen selbst ernannten Gurus und bastelt Perlenmobiles!«

»Perlenmobiles?!« Katja steckte demonstrativ den Finger in den Hals und machte Kotzgeräusche.

»Na ja, das wär ja alles noch okay, aber sie hat sich ein Weltbild zusammengestrickt, das . . .« Pia hob die Schultern. Wie sollte sie das erklären? ». . . das einfach alles ausblendet, was nicht reinpasst: Wenn ihre Tochter – zum Beispiel – die Schule nicht schafft, ist das in ihren Augen ein Zeichen für überirdische Erleuchtung.«

Die ganze Truppe brach in schallendes Gelächter aus.

»Dann bin ich mindestens 'ne Stalllaterne!«, feixte Marlon.

»Super!«, kicherte Laura, »kann ich das schriftlich haben? Meine Eltern würde das total beruhigen!«

»Und bei 'ner Fünf in Mathe? Kann man da über's Wasser gehen?«

Pia hatte das alles nicht im Geringsten witzig gemeint. Aber wenigstens war damit die trübe Stimmung erst einmal verflogen. Sie ließ die anderen weiter über ihre jeweiligen Erleuchtungsgrade herumalbern und warf einen Blick in Fabians Resümee zum heutigen Fall: Der Junge war gerade mal sechzehn und betrieb Schwarzfahren quasi als Leistungssport. Es gab offenbar einen ganzen Schwarzfahrer-Ring, der sich gegenseitig mittels App vor Kontrolleuren warnte.

Vielleicht käm 'ne Schüler-Flatrate die Verkehrsbetriebe billiger, dachte Pia. Aber das war ja leider nicht das heutige Thema.

Wenige Tage später begannen die Endproben von *Iphigene auf Tauris*. Pia wurde in ein nachthemdartiges Gewand aus graugrünem Leinen gesteckt und musste diesmal ausnahmsweise keine schweißtreibende Perücke tragen.

Dafür gestaltete sich der Probenablauf mehr als schwierig: Der Regisseur hatte sich in den Kopf gesetzt, ein leibhaftiges Lamm auf die Bühne zu bringen, und das Tier erwies sich trotz guten Zuredens weder als stubenrein noch sonst in irgendeiner Weise dressierbar.

Dazu kam, dass der kleine František wild entschlossen war, seine Vier in Latein auf eine Drei plus zu verbessern. Proben, Nachhilfestunden und Krankenhausbesuche: Pias Terminplan platzte aus allen Nähten!

Zu ihrer Überraschung hatte Nele sich sofort erboten, Pia zu vertreten und einmal in der Woche nach Knauthain hinauszufahren, um nach Lennarts Pflanzen zu sehen. »Schwesterchen, ich hab mir das mit den Karmapunkten überlegt: Ich könnte *auch* 'n paar gebrauchen!«, hatte sie erklärt. »Außerdem ist er echt charming, dein neuer Lover!«

»Hör auf mit deinen blöden Sprüchen!« Pia fuhr regelmäßig aus der Haut, wenn Nele Anspielungen in Sachen »Lover« machte. Obwohl Lennarts wiedergewonnenes Lächeln eine Seite an ihm offenbarte, die Pia bisher entgangen war. Und er hatte wunderbar weiche Haare ...

Wie dem auch sei: Es gibt nicht den geringsten Grund, mein Schwesterherz in diese Dinge einzuweihen!

»Ich les ihm regelmäßig aus Alexander von Humboldts Südamerikabericht vor«, hatte Pia stattdessen erklärt; betont kühl, damit die Frotzeleien ihrer Schwester möglichst schnell ein Ende nahmen.

Doch Nele hatte sie regelrecht ausgelacht. »Ich glaub, du könntest ihm auch das Telefonbuch von Hannoversch Münden vorlesen: Das fänd er wahrscheinlich genauso sexy.«

»Blödsinn!«

Dass das Buch sie selber – völlig unerwartet – gepackt hatte, verschwieg Pia ihrer Schwester.

Kautschuk, Curare, Kannibalen . . .

Allmählich begann sie zu begreifen, was Lennart an fremden Kulturen, schamanischen Heiltränken und magischen Ritualen faszinierte.

»Ach, sieh an: Seine Zweit-Verlobte ist wieder da!«, witzelte die Intensivschwester, als sie die jüngere Kollegin im Überwachungsraum ablöste.

»Was meinst du, welche das Rennen macht? Die Kleine mit der schrillen Brille oder das Elfchen da drinnen?«

»Hm. Unentschieden, würd ich sagen.«

»Ich tippe auf die Brillenmaus«, erklärte ihre Kollegin, »die ist viel öfter da.«

»Ja und? Die andere macht sich rar. Das weckt bei Kerlen doch sofort den Jagdtrieb.«

»Na, bis unser Lennart wieder in Sachen Jagdtrieb unterwegs sein kann, wird's sicher noch ne Weile dauern . . .«

»Dann kriegt ihn die, die am längsten durchhält!«

»Schau' mer mal. Schönen Feierabend!«

Rebecca war bewusst, dass sie durch die Scheibe zum Nebenraum beobachtet wurde, aber sie ließ sich nichts anmerken.

Lennart hatte seine Besucherin sofort an der Wolke von Patchouli erkannt, die bei ihrem Eintreten ins Zimmer wehte.

Der Geruch – normalerweise nicht unangenehm – verursachte ihm mittlerweile heftigen Brechreiz. Er schloss die Augen und verwandte alle Kraft darauf, trotz allem tief und regelmäßig ein- und auszuatmen.

»Hallo Liebling«, sagte Rebecca und hauchte Lennart einen Kuss auf die Wange. »Wir werden beobachtet, weißt du? Und deshalb machen wir jetzt schön einen auf große Liebe, verstanden?«, flüsterte sie dicht an seinem Ohr.

Lennart wandte den Kopf, soweit er irgend konnte, zur Seite.

»Haben dir die Zeitungsbilder etwa nicht gefallen?«, wisperte sie weiter. »Ich hab noch was viel Schöneres. Ganz besondere Bilder. Willst du mal sehen?«

Sie zog ihr iPhone aus der Tasche und schaltete die Videofunktion ein.

Lennart presste die Augenlider zu und sein Atem wurde schneller.

»Na gut, dann eben ohne Bild.« Sie hielt das Handy nah an Lennarts Ohr und lachte. »Als Hörspiel hat es durchaus *auch* was, das muss ich zugeben.«

Man hörte Kleiderrascheln, unterdrücktes Stöhnen, Lachen, Wortfetzen.

». . . Wahnsinn . . .«

»... und wenn jemand kommt ...?«

Erneutes Lachen.

Lennarts Brust hob und senkte sich immer schneller.

»Na, gefällt dir das?«, wisperte Rebecca, »macht dich das an?«

Als die Schwester den Raum betrat, stellte sie das Handy hastig wieder ab.

»Ich glaube, er möchte jetzt lieber schlafen«, sagte sie mit unschuldigem Lächeln. »Aber ansonsten geht es ihm besser, oder?« Zärtlich strich sie Lennart über die schweißnasse Stirn. »Nur sprechen kann er ja scheinbar immer noch nicht.«

»Das wird auch noch ein Weilchen dauern«, sagte die Schwester. »Und bis dahin ist es besser, ihn nicht unnötig aufzuregen«, setzte sie mit strafendem Blick hinzu.

»Und schreiben?«

»Auch das braucht seine Zeit. Aber irgendwann geht bestimmt auch *das* wieder.«

»Gut zu wissen«, sagte Rebecca.

»Und wenn es so weit ist, werden wir schon weitersehn'n«, flüsterte sie Lennart ins Ohr.

Dann verließ sie mit einem übertrieben fröhlichen »Tschüssiiiii« den Raum.

»Deine Zweitverlobte sollte aufhören, dich bei jedem Besuch auf Teufel komm raus anzumachen«, sagte die Schwester, nachdem Rebecca gegangen war; wohl wissend, dass Lennart keineswegs schlief. »Sex in Gedanken ist nämlich gar nicht gut für deinen Blutdruck«, erklärte sie und tätschelte mit einem mütterlichen Lächeln Lennarts Hand.

Lennart biss in ohnmächtiger Wut die Zähne zusammen, hielt die Augen geschlossen und konzentrierte sich weiter auf seinen Atem. Nicht wieder durchdrehen, beschwor er sich innerlich. Noch blieb ihm Zeit.

Als Pia am Tag nach der *Iphigenie*-Premiere – das Lämmchen hatte sich sprichwörtlich lammfromm verhalten und alles war gut gelaufen – in die Klinik kam, kam Tamara Peters vom Besucherparkplatz auf sie zugelaufen und strahlte übers ganze Gesicht.

»Hallo, Pia! Schön, dass wir uns hier treffen! Stell dir vor: Die Ärzte haben gesagt, sie können in ein paar Wochen mit den Reha-Maßnahmen anfangen!«

»Das heißt . . .?«

»Das heißt, sie gehen davon aus, dass Lennart sich nach und nach wieder bewegen können wird! Und eine Logopädin kümmert sich darum, dass das mit dem Sprechen auch irgendwann wieder klappt!«

Ihr sprangen Tränen in die Augen und sie schloss Pia fest in die Arme. »Mein Mann und ich, wir sind dir unendlich dankbar für das, was du für unseren Sohn getan hast«, sagte sie leise. »Und wir haben ein bisschen was verstanden.«

Oje, hoffentlich hat der Pfleger nichts ausgeplaudert, von wegen »Verlobte« und so . . .

Aber ihre Befürchtungen waren unbegründet: Tamara Peters lud sie zu einer Cola in die Cafeteria ein und war sichtlich froh, Pia ihr Herz ausschütten zu können.

»Weißt du, unser Hof gehört der Familie von meinem Mann. Seit Generationen. Seine Großeltern hatten bis in die Fünfzigerjahre noch Milchvieh, ein paar Felder und eigenes Gemüse. Und jedes Jahr wurde ein Schwein geschlachtet. Wie schon bei den Urgroßeltern. Dann kam die Zwangskollektivierung, und schließlich mussten sie sich wohl oder übel 'ner LPG anschließen. Erst seit Mitte der Neunzigerjahre ist der Hof wieder in Familienbesitz. Aber da war mit Landwirtschaft nichts mehr zu verdienen. Deshalb sind mein Mann und mein Schwager auf die Idee mit dem Reiterhof gekommen.«

Pia nickte, und ohne es zu wollen, fiel ihr die erste Begegnung mit Jonas wieder ein. »Das sind eigentlich Bauern«, hatte er abschätzig gesagt, und Marlon hatte sich furchtbar über seine arrogante Haltung aufgeregt.

De mortuis nihil nisi bene: Über die Toten nichts Schlechtes. Aber während Jonas' Eltern im Namen der DDR Pokale eingeheimst haben, ist Lennarts Familie verdammt übel mitgespielt worden . . .

»Natürlich sind wir davon ausgegangen, dass unser Sohn den Hof weiterführt. Und wir haben uns nie um das gekümmert, was ihn wirklich interessiert. Aber dann . . .«

Sie nahm Pias Hand und drückte sie dankbar.

». . . dann hast du dich so toll gekümmert. Um seine Pflanzen. Und überhaupt. Und da haben wir erst kapiert, wie wichtig ihm das alles ist. Na ja: dir geht's ja schließlich nicht viel anders.«

»Wie meinst du das?«

»Du hast doch erzählt, dass du Bühnenbauerin werden willst. Oder Kostümschneiderin oder so was.«

Pia schmunzelte. »So was Ähnliches, ja.«

»Na, deine Eltern würden es doch sicher auch lieber sehen, wenn du Jura studieren würdest, oder?«

Pia verschwieg, dass ihre große Schwester nebst Schwager in spe diesen elterlichen Wünschen voll und ganz Genüge taten.

»Ja«, sagte sie. »Aber das mit dem Theater«, sie zuckte die Achseln, »das macht mich eben einfach glücklich.«

»Siehst du: Genau das mein' ich! So komisch wir das finden, aber dieses exotische Grünzeug zu erforschen, macht unseren Sohn nun mal glücklich. Also soll er nach dem Abi studieren. Was mit dem Hof passiert, wenn wir alt und grau sind, wird man dann schon sehen.«

Auf dem Weg zu Lennarts Zimmer kam ihnen der allzeit muntere Oberarzt entgegen. Diesmal war sein Zahnpasta-Strahlen allerdings berechtigt. »Tja«, sagte er. »Wunder gibt es immer wieder! Hier sind Sie ab heute jedenfalls falsch: Wir konnten Lennart in ein ganz normales Zimmer verlegen!«

Alles wird gut . . .

17

Der zweite Bettplatz im Zimmer war leer; entweder es gab nicht genug Patienten, oder man wollte Lennart zunächst einmal jeden Stress ersparen.

Der Blick aus dem Fenster bescherte sattgrüne Baumwipfel und einen strahlend blauen Sommerhimmel.

Zu Pias und Tamara Peters' Enttäuschung schien die neue Umgebung – ohne Überwachung, Schläuche und Monitoren – Lennarts Stimmung jedoch eher zu verschlechtern.

Pia war froh, dass die für den Abend geplante *Cavalleria*-Vorstellung ausfallen musste: Eine der beiden Sopranistinnen war überraschend krank geworden.

So blieb noch die Zeit, ein wenig zu bleiben, nachdem Lennarts Mutter gegangen war.

»Irgendwas bedrückt dich doch, stimmt's?«

Ein leichter Druck von Lennarts Hand bestätigte ihre Vermutung.

»Vielleicht war der Wechsel in die neue Umgebung anstrengender für dich, als du gedacht hast. Soll ich dir noch ein bisschen was vorlesen?«

Zu Pias Überraschung signalisierte Lennarts Hand »Nein«.

»Willst du mir was sagen? Was Bestimmtes?«

Lennarts Händedruck bejahte ihre Frage.

»Kannst du irgendeinen Gegenstand hier im Zimmer angucken so wie bei dem Fenster und der Karte? Damit ich weiß, worum es geht?«

»Nein.«

»Aber es scheint wichtig zu sein, oder?«

Lennart drückte ihre Hand so fest, dass Pia vor Schreck leise aufschrie. Ratlos sah sie sich im Zimmer um, auf der Suche nach etwas, das vielleicht hilfreich sein könnte.

»Oh, shit«, murmelte sie, »du kannst dir gar nicht vorstellen, wie ich mich darauf freue, dass das alles hier irgendwann vorbei ist!«

Sie ertappte sich dabei, wie sie sich in den leuchtendsten Farben einen Herbstspaziergang an Lennarts Seite vorstellte. Er würde ihr erklären, warum manche Blätter sich gelb und andere rot verfärbten, und sie würde ihm vielleicht eine Anekdote aus der neusten Opernproduktion erzählen. Zum Beispiel wie das *Iphigenien*-Lämmchen mitten in der Vorstellung . . .

Stopp! Pia, du bist eine echte Kitschnudel!

Entschlossen riss sie sich von ihren Tagträumen los. Der Gedanke, dass Lennart sich vor irgendwas zu fürchten schien, war alles andere als romantisch.

Kurz entschlossen nahm sie Humboldts Reisebericht vom Nachttisch und schlug willkürlich irgendeine Seite auf.

»Pass auf: Ich les dir jetzt einfach irgendwelche Wörter vor, eins nach dem anderen, wie's grad kommt. Und wenn eins der Wörter irgendwas mit dem zu tun hat, was du sagen willst, dann drückst du meine Hand, okay?«

Bevor sie ihre Hand erneut in Lennarts legte, kramte sie einen Filzstift aus ihrer Tasche und riss schweren Herzens das Deckblatt aus Humboldts Reisebericht.

Libri amici. Bücher sind Freunde . . .

Okay, aber in der Not frisst der Teufel Fliegen!

Zunächst schien Pias Idee undurchführbar zu sein: Was sollte Lennart mit Begriffen wie »Moräste«, »Faulfieber« und »Mosquiten« anfangen?

Sie begann, gezielter zu suchen. »Und du gibst nur Feedback, wenn du das Wort benutzen kannst, ja? Die Reihenfolge ist ja erst mal egal.«

»Männer? Kälte? Mattigkeit?«

Keine Reaktion.

»Heute? Abend? Gesund?«

Leichter Druck von Lennarts Hand.

»Gut. Moment.« Pia notierte »gesund« und fuhr mit ihrem Fragespiel fort.

Es dauerte fast eine Stunde, aber schließlich hatte Pia die gefundenen Wörter in die richtige Reihenfolge gebracht:

Gefahr – nicht – sagen – gesund.

»Was soll das heißen?« Pia starrte ratlos auf die vier Wörter, die Lennart offenbar so wichtig waren. »Ich soll niemandem sagen, dass du wieder ganz gesund werden wirst?«

Wieder drückte Lennart ihre Hand beinahe bis zur Schmerzgrenze.

Rebecca kannte die Vorstellungstermine so gut wie auswendig. Heute stand die *Cavalleria* auf dem Plan und Pia würde am Abend ganz sicher bereits in der Maske sitzen, um für ihren Auftritt als sizilianische Dorfschönheit geschminkt zu werden. Sie hatte ihr schließlich oft genug davon vorgeschwärmt.

Die Tatsache, dass Lennart keine Überwachung und keine Monitoren mehr brauchte, war einerseits beunruhigend, andererseits erhöhte das den Kick. Vielleicht galt es, in nächster Zeit Ernst zu machen. Aber erst mal würde sie ihm die Leichenbilder zeigen. Sie entriegelte ihr Handy und warf einen Blick auf das erste Foto. »Da wirst du staunen, mein Lieber«, kicherte sie, »selbst tot seh ich noch super aus!«

»Uh-oh! Zickenkrieg vorprogrammiert«, brummte der füllige junge Pfleger am Empfangstresen und schaute Rebecca begehrlich hinterher. »Der Peters hat echt voll mein Beuteschema: beide blond, beide zierlich, beide echt schnuckelig. Problem für Blondie zwei ist nur: Blondie eins ist schon da!«

»Na und?« Seine Kollegin hob unbeeindruckt die Schultern, »das muss doch nichts heißen. Blondie zwei kann doch dem seine Schwester sein oder 'ne Cousine oder so was.«

»Wetten, dass nicht?«

»Ich wette nie!« Die Schwester schüttelte ungnädig den Kopf. »Boris, echt: Du hast sie nicht mehr alle!«

»Kann ja sein!«, seufzte Boris, »aber was hat *der*, was ich nicht habe?!« Sehnsuchtsvoll schaute er zu, wie das

Mädchen, das er »Blondie zwei« nannte, mit strahlendem Lächeln in der Tür zu Lennart Peters Zimmer verschwand.

»Was machst *du* denn hier?« Rebeccas Lächeln gefror augenblicklich. »Wieso bist du nicht in der Oper?!«

Wie ein Racheengel stand sie in der Tür, fassungslos und zitternd vor Wut, weil das, was sie »ihr Spiel« nannte, von einem dreisten Eindringling wie Pia sabotiert zu werden drohte.

»Hallo, Rebecca . . .«, sagte Pia.

Woher weiß sie, dass ich heute eigentlich Vorstellung hätte?!

». . . schön, dich zu sehen.«

Pia wollte aufstehen, doch Lennart hielt ihre Hand fest umklammert.

Okay: *ganz ruhig. Nichts anmerken lassen.*

So jedenfalls interpretierte sie Lennarts Händedruck.

»Setz dich doch.«

Rebecca warf ihre Tasche auf den Boden, legte ihre Jacke über einen der Besucherstühle und fläzte sich breitbeinig auf den zweiten Stuhl.

Als wollte sie das ganze Zimmer in Besitz nehmen.

»Und? Wie geht's ihm?«, fragte Rebecca leichthin, ohne Lennart auch nur eines Blickes zu würdigen.

»Gut. Danke.«

Lennarts Händedruck verstärkte sich und seine Augen signalisierten »Vorsicht«, doch es war zu spät: Rebecca hatte die herausgerissene Buchseite entdeckt und angelte sie vom Nachttisch zu sich herüber.

»Gefahr – nicht – sagen – gesund?« Sie lachte gekünstelt. »Hat *er* das geschrieben?« Sie machte eine Kopfbewegung in Lennarts Richtung und wartete Pias Antwort gar nicht erst ab. »Na, Glückwunsch. Klappt ja wieder toll! Was ist denn das für ein neues Spiel?«

»Ich glaube, es würde zu lange dauern, dir das zu erklären«, sagte Pia. Am liebsten hätte sie Rebecca mitsamt ihrem herumliegenden Krempel vor die Tür gesetzt. »Und? Kann ich dir sonst noch irgendwelche Fragen beantworten?«

Rebecca schwieg und brütete stumm vor sich hin.

Sie hatte sehr wohl verstanden, was die vier Worte zu bedeuten hatten: Gefahr – nicht – sagen – gesund. Sie musste handeln! Viel früher, als sie gedacht hatte. Und sie musste improvisieren!

Ihre Gedanken rasten, äußerlich jedoch gab sie sich völlig gelassen.

»Mensch, jetzt hab ich die Blümchen oben in der anderen Abteilung liegen gelassen«, erklärte sie plötzlich und schlug sich in ihrer typischen Kleinkindmanier gegen die Stirn. »Wie superdumm von mir. Aber ich konnte ja nicht wissen, dass Lennart umgezogen ist.«

»Aha. Und jetzt?«

Sie redet, als wäre Lennart taub. Nicht vorhanden. Als wäre er ein toter Gegenstand.

»Ich geh sie schnell holen! Bin in ein paar Minuten wieder da, okay?«

Als sie aufstand, hatte Rebecca endgültig zu ihrem süßlichen Lächeln zurückgefunden. Im Hinausgehen warf sie Lennart eine übermütige Kusshand zu. »Lauf nicht weg, Lennart, hörst du?«

Draußen auf dem Flur zwang sie sich mit aller Macht dazu, nicht zu rennen: an der Information vorbei zu den Fahrstühlen und hinunter ins Parterre!

Doch schon von Weitem war zu erkennen, dass der Blumenladen dort bereits geschlossen war.

»Scheiße, verdammte!«

Dann fiel ihr ein, dass sie ohnehin vergessen hatte, Geld mitzunehmen. Fluchend machte sie kehrt. Ihre Gedanken überschlugen sich. Eine andere Lösung musste her!

Während Rebecca zurück zu den Fahrstühlen hetzte, durchsuchte Pia mit fliegenden Fingern Rebeccas Jackentaschen, und schließlich fand sie, was Lennart ihr so verzweifelt signalisiert hatte: Den Blick auf den Tisch mit Rebeccas Sachen gerichtet, hatte er die Hand gekrümmt, als hielte er einen Gegenstand darin. Und Pia hatte verstanden: Rebeccas Handy!

Es war nicht verriegelt.

»Was? Wonach soll ich suchen?!«

Lennarts Hand machte eine rotierende Bewegung.

»Heißt das . . . Weitermachen? Etwas Rundes? Ein Kreis? Ein Kreisel? Kreislauf?«

Lennarts Augen verrieten keine Zustimmung. Unter Aufbietung aller Kraft gelang es ihm schließlich, den Arm zu heben und auf seine Augen zu deuten.

»Augen? Etwas wiederholen . . .?«

Wieder die Handbewegung von vorhin.

»Etwas drehen? Ansehen? Film?!«

Erschöpft ließ Lennart seine Hand sinken und Pia schaltete die Videofunktion ein.

Rebecca hatte entschieden, dass es zu auffällig wäre, in der gleichen Etage nach einem Blumenstrauß zu suchen.

Im dritten Stock hatte sie endlich Glück: Eine alte Dame schlurfte in Zeitlupentempo in Richtung Patiententoilette. Sie schob einen Tropf neben sich her und setzte bedächtig einen Fuß vor den anderen, ohne Rebecca auch nur die geringste Aufmerksamkeit zu schenken.

Die Tür zu ihrem Zimmer war nur angelehnt. Im Fernseher lief eine Talkshow. Ohne Ton.

Im zweiten Bett lag eine Frau und schnarchte – die Kopfhörer noch auf den Ohren – zufrieden vor sich hin.

Auf ihrem Nachttisch hockte ein hässlicher Clown. »Für Mutti!« stand auf dem Glanzpapierschildchen in seinen Händen und unter sein linkes Auge war eine Träne gemalt.

Der Clown lehnte an einer Vase mit gelben Rosen. Sie waren noch frisch. Genau das, was sie brauchte!

Rebecca streute ein paar Blütenblätter auf das Bett der alten Dame und ließ die Clownsfigur in ihrer Schublade verschwinden:

Die Alte würde Schwierigkeiten kriegen, das zu erklären. Umso besser!

Pia stand am Fenster in Lennarts Zimmer, hielt Rebeccas iPhone umklammert und starrte fassungslos auf den Film, der vor ihren Augen ablief:

Zuerst wanderte die Kamera über das verletzte Pferd, dann schwenkte sie auf Lennart, der bewusstlos am Boden lag.

»Oh Gott . . .«, stammelte Pia, »wie ist so etwas möglich . . .?«

Jetzt erschien eine schwarz gekleidete Gestalt auf dem Miniatur-Bildschirm und rannte auf die Kamera zu.

Im Hintergrund hörte man das Keuchen des verletzten Pferdes, übertönt von Rebeccas Jubelschrei.

»Hey, Jonas!«, rief sie, »hat super geklappt! Auf die Sekunde! Wir ha'm ihn erwischt! Punktlandung!«

Dann schwenkte die Kamera wieder hinunter auf Lennarts bewegungslos daliegenden Körper und schließlich hoch auf Rebeccas Gesicht. Sie lachte glucksend. »Wow! Das hier ist ja noch 'ne Nummer cooler, als wir uns gedacht haben!«

Nach ein paar diffusen Kamerawischern sah man beide Köpfe groß im Bild: Rebecca hielt die Kamera auf Armeslänge von sich entfernt und filmte, wie sie Jonas leidenschaftlich küsste.

»Das ist doch Wahnsinn«, stammelte er, als sie von ihm abließ.

Er wirkte abwesend; wie paralysiert.

»Kapierst du denn nicht?«, wisperte Rebecca. »Wir sind die Größten!«

»Aber . . . was ist, wenn jemand kommt?«

Statt einer Antwort krallte Rebecca ihre freie Hand in Jonas' Nacken und zog ihn an sich. »Wir sind die Größten«, wiederholte sie atemlos, *»du* bist der Größte!«

Inzwischen war Rebecca zurück auf der Etage. Sie schlüpfte ungesehen in den Wirtschaftsraum und öffnete den Wandschrank.

»Es muss nach Notwehr aussehen . . .«

Vor Anspannung hatte sie begonnen, laut vor sich hin zu reden. Ihre Nerven waren zum Zerreißen gespannt, und ohne es zu merken, hielt sie den Rosenstrauß so fest umklammert, dass sich die Dornen in ihre Handflächen bohrten.

»Sie hat ihm ein Kissen aufs Gesicht gedrückt und ich musste zuschlagen . . .«, soufflierte sie sich selbst. »Aber da war es schon zu spät, und Lennart war erstickt . . .«

Die Vasen waren alt und hässlich: rotbraune, bauchige Tonvasen, wie man sie auf Friedhöfen noch manchmal findet, Glasbehälter mit dicken Kalkrändern, Graniniflaschen – mit Gips ummantelt und bunt bekleckst von irgendwelchen Vorschulkindern – und dazwischen Porzellangefäße in allen Farben und Formen.

»Schwer. Möglichst schwer. Und dann mit aller Kraft«, murmelte Rebecca und wog prüfend eine röhrenförmige Kupfervase in der Hand. Das umlaufende Jugendstil-Relief aus Iris und Narzissen milderte ein wenig ihre Klobigkeit.

»Es muss nach Notwehr aussehen«, wiederholte Rebecca und schloss den Schrank. »Und vorher alles ganz normal. Ich hab meinem Liebsten einen Rosenstrauß mitgebracht und brauchte eine Vase . . .«

Als sie Lennarts Zimmer betrat und das iPhone in Pias Händen entdeckte, schlug sie, ohne zu zögern, zu.

Lautlos ging Pia zu Boden.

Rebecca holte aus, um erneut zuzuschlagen. »Sicher ist sicher«, murmelte sie. »*Du* sagst jedenfalls nichts mehr.«

Der Notrufknopf lag auf dem Nachttisch, auf der unteren Ablage. Lennart nahm alle Kraft und allen Willen zusammen und bewegte seine Hand darauf zu, aber der winzige rote Knopf schien unerreichbar.

18

Was ist passiert?«, fragte Pia benommen. »Wo bin ich hier?«

Eine freundlich lächelndes Frauengesicht beugte sich über sie.

»Sie haben Glück gehabt, Mia. Ihr Freund hat Ihnen das Leben gerettet. Buchstäblich in allerletzter Sekunde.«

»Pia. Nicht Mia.«

»Okay.«

»Wie kommen bloß immer alle auf Mia?«

»Sorry.«

Die Ärztin hantierte mit einer Reihe von Röntgenbildern und tippte ab und zu etwas in den Computer.

Pias Kopf schmerzte höllisch, und die Erinnerung an das, was geschehen war, kehrte zunächst nur bruchstückhaft zurück: Rebeccas aufgesetztes Lachen, die seltsame Aktion mit den vergessenen Blumen und schließlich das bizarre Schauspiel auf ihrem Handy.

Und dann hat Rebecca zugeschlagen . . .

Pia fuhr aus ihrer liegenden Stellung hoch.

»Was ist mit Lennart?!«

»Langsam, langsam!« Die Ärztin nötigte sie sanft dazu, sich wieder hinzulegen. »Ihrem Freund ist nichts passiert. Und Sie haben Gott sei Dank nichts weiter als 'ne Gehirnerschütterung. Wir behalten Sie vorsichtshalber noch ein bisschen hier, und wenn nichts Unvorhergesehenes eintritt, können Sie morgen oder übermorgen wieder nach Hause.«

Sie griff in ihre Kitteltasche. »Oh, nicht dass ich das vergesse!« Augenzwinkernd drückte sie Pia ihr zerbrochenes Brillengestell in die Hand. »Hier. Wenn Sie mich fragen: Ich find diese Achtzigerjahre-Brillen ja total scheußlich, aber Ihre hat Ihnen womöglich eine Schläfenfraktur erspart. Der linke Kunststoffbügel hat den Schlag jedenfalls nicht überlebt.«

»Danke. Ich wusste, das Ding bringt mir eines Tages Glück . . .«

Die wenigen Sätze hatten Pia bereits erschöpft, und sie hatte das dringende Bedürfnis, einfach loszulassen und nicht mehr zu denken.

Womöglich haben sie mir ja auch irgendwas gegeben. Valium oder so.

»Was ist denn mit Rebecca?«, fragte sie schläfrig.

»Die ist . . . in einer anderen Abteilung untergebracht«, erklärte die Ärztin ausweichend.

»Was heißt das?«

»Nun ja . . . Das heißt . . .« Die Ärztin druckste ein wenig herum und suchte ganz offensichtlich nach einem unverfänglicheren Thema. »Wissen Sie, unser Boris ist zwar nicht der Hellste, aber Gott sei Dank war er auf Station, als das alles passiert ist. Der muss wohl geahnt haben, dass da irgendwas im Busch war.« Sie zuckte die

Achseln. »Männliche Intuition oder was weiß ich. Jedenfalls hatte er wohl vorher schon was von Zickenkrieg gefaselt. Und als die Klingel ging, war er sofort bei Ihnen im Zimmer.« Die Ärztin schmunzelte. »Der Anblick war allerdings nicht das, was er erwartet hatte«, setzte sie trocken hinzu, »außerdem hat er sich 'ne mächtige Beule und etliche Kratzer eingefangen.«

»Dann bestellen Sie ihm bitte liebe Grüße.« Pias Stimme klang anders als sonst und sie hatte zunehmend Schwierigkeiten, deutlich zu sprechen. »Aber bitte: Ich möchte wissen, wo Rebecca . . .«

»Ich wollte damit sagen: Wenn Boris nicht gewesen wäre . . .«

»Wo ist Rebecca?!«

»Rebecca ist . . .« Die Ärztin zögerte erneut. »Sie ist in Gewahrsam, Pia«, erklärte sie schließlich nüchtern. »Die Kollegen kümmern sich um sie. Sie kann niemandem mehr etwas tun.«

Pias Lider fühlten sich an, als seien sie aus schwerem stumpf-schwarzem Metall, und es gelang ihr nur mit äußerster Mühe, noch einmal die Augen zu öffnen.

»Ich will zu Lennart.«

»Morgen, Pia. Jetzt schlafen Sie sich erst mal richtig aus.«

Sie holten Rebeccas Mutter noch in derselben Nacht in die Dimitroffstraße. Ihr Haus wurde durchsucht.

»Man hat Ihre Tochter zunächst einmal ruhiggestellt. Aber auch wenn sie sich erholt hat, wird sie vorerst in der Geschlossenen bleiben. Sie müssen damit rechnen, dass die anstehenden neurologischen und psychiatrischen Untersuchungen eine Weile in Anspruch nehmen werden. Und bevor die Ärzte nicht genauer wissen, was mit ihr los ist, wird mit Sicherheit kein Verfahren gegen sie eröffnet.«

»Wieso bin ich dann hier?« Rebeccas Mutter versuchte, ihrer Stimme einen Rest von Festigkeit zu geben, aber sie zitterte am ganzen Körper. Die beiden Beamten wussten, dass es nicht lange dauern würde, bis sie zusammenbrach.

Kommissar Böhnisch wechselte einen raschen Blick mit seiner Kollegin, und Hauptkommissarin Junghans breitete wortlos die Abzüge der Fotoreihe, die sie auf Rebeccas Handy gefunden hatten, auf dem Tisch aus. Sie zeigten das, was Rebecca als »Leichenfotos« bezeichnet hatte.

»Haben *Sie* diese Bilder gemacht?«

Therese Matussek starrte auf die Fotos: Rebecca, bleich geschminkt auf ihrem zerwühlten Bett, die Augen aufgerissen und ins Leere starrend und den nackten Arm wie auf einem Gemälde exakt so drapiert, dass er beinahe die am Boden liegende Flasche berührte. Neben der Flasche stand eine bauchige Thermoskanne inmitten eines Sammelsuriums von Medikamentenpäckchen.

»Sagen Ihnen diese Bilder etwas, Frau Matussek?«

Therese Matussek schlug die Hände vor's Gesicht.

»Aber . . . ich hab das doch alles nicht gewollt!«, schluchzte sie.

»War das ihre Idee? Ich meine, die Ihrer Tochter?«

Therese Matussek nickte und kramte ein Taschentuch aus ihrer Jackentasche hervor.

Die Kommissare ließen ihr Zeit.

Schließlich begann sie, stockend zu erzählen: »Becky hat gesagt, ihr Freund hätte den Hund von Lennart Peters . . .«

»Mit ›ihr Freund‹ meinen Sie Jonas Alexander Romeike, ja?«

»Ja. Der hätte den Hund ertränkt und diese Stahlseile gespannt, um . . . um . . .« Sie wurde so von Schluchzen geschüttelt, dass sie nicht weitersprechen konnte.

»Wir wissen mittlerweile, wie es sich in Wirklichkeit verhalten hat«, sagte Kommissarin Junghans sanft und reichte ein frisches Tempotaschentuch über den Tisch.

»Ihre Tochter wollte Jonas Romeike beeindrucken. Und sie wusste von seinen Rachegedanken gegenüber Lennart Peters. Sie hat ihm die Tötung des Hundes sozusagen geschenkt, um ihm zu imponieren.«

»Wie cool! So sagt man doch heute, oder?!« Böhnisch konnte nicht länger an sich halten. »Cool heißt kalt! Kalt und empathieunfähig! Na toll! Ihre Tochter hat Jonas Romeike mit ihrer Gefühllosigkeit regelrecht fasziniert! Und ihn nach Kräften manipuliert! Und *Sie* haben die Beziehung der beiden auch noch nach Kräften gefördert!«

Therese Matussek nickte erneut.

»Ja. Das hab ich. Bitte, verstehen Sie doch: Die beiden sind – waren – so schön und so . . . unschuldig. Einfach was ganz Besonderes! Und ich hab doch von alldem . . . anderen . . . nichts gewusst!«

Kommissar Böhnisch hielt es nicht länger auf seinem Stuhl.

»Sie haben es nicht wissen *wollen*, Frau Matussek!«, brüllte er, »und es tut mir in der Seele weh, dass man hierzulande ohne Strafe davonkommt, wenn man andere Menschen – auch noch Jugendliche! – zum Selbstmord überredet!!!«

Richard und Barbara Canisius waren bereits in aller Herrgottsfrühe im Krankenhaus erschienen, hatten Pia Pyjama, Waschzeug und iPod vorbeigebracht und ihren Nachttisch mit Obst und Zeitschriften überhäuft.

Als Nele am Nachmittag eintraf, schnappte sie sich gleich am Eingang einen der Rollstühle. Die Genehmigung für ihre Aktion hatte sie sich vorsorglich per Telefon bei der netten Frau Doktor eingeholt.

»Ihr Chauffeurdienst ist da«, sagte sie mit einer schwungvollen kleinen Verbeugung. Dann lud sie ihre Schwester in den Rollstuhl und karrte sie zu Lennarts Krankenzimmer. Weit war es nicht.

»Ich hab gelesen, in der Cafeteria gibt's heute Schweinebraten mit Klößen im Sonderangebot«, erklärte sie trocken und ließ Pia und Lennart allein.

»Meine Schwester ist Vegetarierin«, kicherte Pia, als Nele draußen war, und Lennart grinste.

Die anschließende Stille im Raum fühlte sich seltsam an. Plötzlich herrschte zwischen ihnen eine Befangenheit, die es bisher noch nicht gegeben hatte.

Schließlich griff Lennart zu Humboldts Buch. Es steckte ein Lesezeichen darin und er deutete auf ein Wort, mitten auf der Seite.

Dann trafen sich ihre Augen, und Pia nahm Lennarts

Hand und legte sie an ihre Wange. »Ich dich auch, Len«, flüsterte sie.

Zwei Tage später wurde Pia entlassen. Ein ganzes Heer von Reportern lauerte bereits am Klinik-Ausgang auf sie. Nicht zu Unrecht vermutete sie eine gezielte Indiskretion des bulligen Boris hinter ihrem Auftauchen. Ihre Eltern hatten sein beherztes Eingreifen mit einem mehr als üppigen Trinkgeld honoriert, und sie gönnte dem jungen Pfleger von Herzen das Rampenlicht, in das er mit seiner Rettungsaktion geraten war. Aber sie selbst hatte keinerlei Ambitionen, den Herrschaften von der Presse Rede und Antwort zu stehen: Sie winkte den Fotografen lediglich freundlich zu und schwang sich in Christians Porsche.

Christian trat beherzt auf's Gas. »Nicht, dass sie dir auch noch irgendwelche zweifelhaften Ehrentitel anhängen . . .«

»Killer-Barbie« wurde Rebecca im Leipziger Anzeiger genannt und der Reporter scheute nicht vor weiteren Geschmacklosigkeiten zurück: Unter der Überschrift »Gespenstisches Romeo-und-Julia-Komplott!« wurde Therese Matussek zur »Monster-Mutter« erklärt. »Im Glauben an die Unschuld ihrer Tochter trieb die gelernte Altenpflegerin Jonas R. in den Tod!«, hieß es weiter.

Woher die Zeitung das gestellte »Leichenfoto« hatte, mit dem Rebeccas Mutter Jonas zum Selbstmord überredet hatte, war Pia ein Rätsel.

»Therese M. war die willenlose Marionette der jugendlichen Psychopathin« stand unter dem Bild.

»Tz! Als ob es Marionetten mit eigenem Willen gäbe!«, schnaubte Nele.

»Pleonasmus«, erklärte Christian, »weißer Schimmel.«

»Egal«, sagte Nele, »jedenfalls gehört schon eine Menge schwärzester Fantasie dazu, sich selbst als Tote fotografieren zu lassen und anschließend die eigene Mutter mit 'nem fix und fertig gebrauten Giftcocktail zu seinem Lover fahren zu lassen, nach der Devise: Schau mal, was du angerichtet hast, und meinst du nicht, es wär unter diesen Umständen angebracht, dich ebenfalls . . .«

»Jetzt kapier ich!«, unterbrach sie Pia.

»Ja, genau!«, versetzte Nele. »Die Alte ist genauso krank im Kopf wie ihre Tochter!«

»Nein, das mein ich nicht! Hier!«, aufgeregt tippte Pia auf das Zeitungsfoto. »Diese scheußliche Designer-Thermoskanne! Die kenn ich doch zur Genüge! Aus Rebeccas Küche! Und dann hab ich sie auf dem Pressefoto gesehen. Auf dem Tisch in dieser Jagdhütte! Oh, verdammt, warum bin ich bloß nicht drauf gekommen, woher . . .«

»Mach dir deswegen keine Vorwürfe, Pia«, brummte Christian. »Als das Bild in der Zeitung erschien, war Jonas schon tot.«

Die kleinen Bäumchen auf dem ehemaligen Ehrenhain begannen bereits, ihre Blätter zu verlieren, als Pia, eine Rose in der Hand, zum ersten Mal das Urnengrab besuchte. Ein schlichter Stein, schwarzer Granit: Jonas Romeike. Dazu zwei Jahreszahlen.

Es geht nicht um Verzeihen, dachte Pia, als sie die

Rose auf dem kleinen Stückchen Erde davor niederlegte, *es geht um Verstehen.*

Jonas hatte Rebecca das Signal gegeben, die Stahlseile einzuklinken, per Handy, in dem Moment, als Lennart in den Reitweg eingebogen war. Aber er hatte nicht gewollt, was dann passiert war.

Ihr fiel, wie so oft, wenn sie nicht weiterwusste, ein lateinischer Spruch ein.

Maiora cupimus, quo maiora venerunt: Je mehr einer hat, desto mehr begehrt er. Seneca.

Wohlstandsverwahrlost nennt man das heutzutage . . .

Es stimmte, was sie in der Zeitung geschrieben hatten: Rebeccas kranke Fantasien hatten Jonas fasziniert. Und er hatte sich von ihr um der puren Grenzüberschreitung willen widerstandslos manipulieren lassen.

Opfer oder Täter? Am Ende war Jonas beides zugleich.

Pia setzte sich auf eine Friedhofsbank und nahm sich Zeit, um ihn zu weinen.

Epilog

Inkamäßiges Ear-Flap-Beanie?!« Lennart hob verständnislos die Schultern. »Was soll *das* denn sein?«

»Au Mann!« Pia kicherte. »Das nennt man, glaub ich, Fachidioten-Syndrom: Nach Peru fliegen und den dicken Forscher-Maxe markieren, und nicht mal den Haupt-Exportartikel kennen!«

»Klar kenn ich den! Fischmehl! Und Kaffee, Kupfer, Gold! Im neunzehnten Jahrhundert war's Guano . . .«

»Stopp!« Lachend legte Pia Lennart den Finger auf den Mund. »Ich will weder Fischmehl noch Kaffee oder einheimische Bodenschätze mitgebracht kriegen! Und Vogelkacke erst recht nicht!«

»Schade. Ich dachte, gerade Vogelkacke würde dir besonders . . .«

Den Rest des Satzes verschluckte die Flughafendurchsage: »Last call for KLM Flight Number 0743 to Lima . . .«

Pias Herz machte einen kleinen Stolperer:

Sechs Wochen ohne Lennart! Und das wahrscheinlich ohne Skype und Internet!

»Du fehlst mir jetzt schon«, murmelte Lennart, als er sie zum Abschied in die Arme nahm.

Reiß dich zusammen, Pia! Heul jetzt bloß nicht los!

Sie hatten die letzten zwei Wochen an der Nordsee verbracht: Herbstferien, Nachsaison, in einem winzigen Hotel in den Dünen; tagsüber lesend in einem der letzten noch geöffneten Strandpavillons, nachts eng umschlungen in einem riesigen, altmodisch zweigeteilten Doppelbett, einander ertastend, erspürend und unbändig glücklich, zueinander gefunden zu haben.

Jetzt, in der Abflughalle des Flughafens Amsterdam-Schiphol, konnte Pia beim besten Willen ihre Tränen nicht mehr zurückhalten.

Ich blöde, sentimentale Kuh! Anstatt mich mitzufreuen!

Bei der Exkursion nach Südamerika ging es – soweit Pia verstanden hatte – um schamanische Heilpflanzen und die Sagen und Mythen, die sich um so poetische Namen wie Mapacho, Chakruna und Bobinzana rankten.

Für Lennart war es eine Auszeichnung, teilnehmen zu dürfen; die anderen Mitreisenden waren ausnahmslos Studenten aus höheren Semestern.

»Na, komm, Lennart! Reiß dich los!«, rief einer seiner Kommilitonen. Die anderen waren bereits auf dem Weg zur Gepäckkontrolle.

»Kachel aus Ofen!«, rief Pia Lennart hinterher.

Ein Code, den nur sie beide verstanden: »Ich habe dich so lieb, ich würde dir ohne Bedenken eine Kachel aus meinem Ofen schenken . . .« Das Gedicht hatte Pia irgendwann mal im Deutschunterricht gelesen.

Kurz vor der Gepäckkontrolle machte Lennart noch einmal kehrt. »Momeeeent!!! Was ist ein inkamäßiges

Ear-Flap-Beanie?!«, brüllte er über die Köpfe der Wartenden hinweg.

»Na, so 'ne bunte Strickmütze! Mit eingestricktem Lama-Muster und Zipfelbommel!«, brüllte Pia zurück.

»Soll ich dir nicht doch lieber echten Gua. . .«

»Neeeein!!!«

Pia winkte exzessiv, bis Lennart endgültig im Gewühl der Reisenden verschwunden war.

Zurück im Hotel wurde sie bereits sehnlichst erwartet.

»Na, komm, Chasca«, sagte Pia, »die paar Wochen ohne ihn kriegen wir schon irgendwie rum!«

Die kleine schwarz-weiße Hündin gab einen freudigen kleinen Fiepser von sich und stürmte los.

In eigener Sache zum Thema Fiktion und Realität

Die Behauptung, dass sich mittlerweile ganze Generationen hyperbegabter Kinder mit speziell gefärbter Aura inkarnieren, stammt aus der Feder US-amerikanischer Esoterikautorinnen und -autoren, von denen einige ihr Wissen – nach eigenen Aussagen – von einem Geistwesen übermittelt (gechannelt) bekommen.

Seit der Jahrtausendwende finden die entsprechenden Ideen auch in Europa zahlreiche Anhänger. Häufig werden seitens der zum Teil kultähnlich agierenden Kreise antisoziales Verhalten, mangelnde Konzentrationsfähigkeit und Schulversagen mit Hinweis auf die angeblich besondere Begnadung der betreffenden Kinder beschönigt, und sie erhalten nicht die nötige pädagogische und/oder therapeutische Hilfe. Selbst extreme Gewalttätigkeit (u. a. explizit das Columbine-Highschool-Massaker 1999) wird in einschlägigen Blogs als »Mittel zur Erleuchtung« deklariert und die Täter – damals 17 und 18 Jahre alt – werden entsprechend glorifiziert.

Der Journalist und Autor Christopher Locke schreibt dazu:

Indem sie ihren Kindern gegenüber eine derart hirnrissige Erwartungshaltung einnehmen, kreieren diese NewAger eine ganze Generation von Narzissten (. . .). Die Kinder entwickeln keine gesunde Selbstwahrnehmung, weil sie permanent damit beschäftigt sind, den Fantasien eines wahnhaften, sie psychisch missbrauchenden Elternteils gerecht zu werden. Der Anspruch, stellvertretend für ihre Eltern deren überzogene spirituelle Traumvorstellungen von Kraft und Herrlichkeit zu repräsentieren, führt beinahe unvermeidlich zu einem dauerhaften Schaden bei den betroffenen Kindern.

Zitat und Übertragung ins Deutsche mit freundlicher Erlaubnis von Christopher Locke, Boulder, Colorado

Originalzitat:
http://mysticbourgeoisie.blogspot.com/2006/01/mood-indigo.html

Danke für die Hilfestellung!

Als Autorin oder Autor soll man, einer altbekannten Regel zufolge, nur über Dinge schreiben, die man kennt. Aber mal ehrlich: Wer weiß schon, wie eine klassische Reiterverletzung aussieht, welche Krankenhausangestellten die Essenstabletts abräumen und wie die Steinbären im Leipziger Arthur-Bretschneider-Park aussehen? Oder in welchen Opern Statisten gebraucht werden?

Ich möchte mich also hiermit ganz, ganz herzlich bei allen Helferinnen und Helfern bedanken, die so nett waren, bei mir diese und andere Wissenslücken zu füllen:

bei Ellen Gärtner vom Aktiv-Studio am Coppi-Platz für ihre spontane Zusendung einer ganzen Fotoserie der oben zitierten Steinbären, bei Marlies Pumperla von der Oper Leipzig für ihre Auskünfte zum Thema Komparseneinsatz (inklusive Schaf!), bei Dr. med. Ludger Bernd von der Orthopädischen Klinik Bielefeld und meinen ebenfalls schreibenden »Mörderischen Schwestern« Christiane Dieckerhoff und Dr. Ursula Heidbüchel für die Beantwortung meiner zig Fragen zu medizinischen und pflegerischen Details sowie für die freundlichen Auskünfte der Polizeidirektion Leipzig in der Dimitroffstraße. Und last, but not least meinen herzlichen Dank dem Kabarett *SanftWut* in der Mädler-Passage dafür, dass mein Besuch dort neben einem vergnüglichen Abend eine gleichermaßen unverhoffte wie leidenschaftliche Liebe zur Stadt Leipzig mit sich brachte.

Kathrin Lange

Schattenflügel

Als Kim den mysteriösen Lukas kennenlernt, ahnt sie noch nicht, dass er der Freund ihrer älteren Schwester Nina war, die man vor zwei Jahren tot aufgefunden hat – mit einer schillernden Libelle auf dem Gesicht. Kim verliebt sich in ihn, auch wenn sie immer wieder zweifelt, ob sie ihm trauen kann. Gerade als sie beginnt, sich auf ihn einzulassen, verschwindet erneut ein Mädchen.

Arena

264 Seiten • Klappenbroschur
ISBN 978-3-401-06794-0
www.arena-verlag.de